MURAKAMI
HARUKI

MURAKAMI

—随笔集—

〔日〕

村上春树——著

林少华——译

日出国的工厂

| ● MURAKAMI HARUKI ● |

上海译文出版社

HI IZURU KUNI NO KOJO

by Haruki Murakami

Copyright © 1987 Haruki Murakami

All rights reserved.

Originally published in Japan by HEIBONSHALTD. , PUBLISHERS，Tokyo.

Chinese (in simplified character only) translation rights arranged with
Haruki Murakami，Japan

through THE SAKAI AGENCY and BARDON-CHINESE MEDIA AGENCY.

图字：09－2003－100 号

图书在版编目(CIP)数据

    日出国的工厂/(日)村上春树著；林少华译. —
上海：上海译文出版社,2021. 1
    ISBN 978－7－5327－8616－9

    Ⅰ.①日…　Ⅱ.①村…②林…　Ⅲ.①随笔—作品集
—日本—现代　Ⅳ.①I313.65

    中国版本图书馆 CIP 数据核字(2020)第 262122 号

日出国的工厂

[日]村上春树 著　林少华 译
责任编辑/姚东敏　装帧设计/千巨万工作室

上海译文出版社有限公司出版、发行
网址：www. yiwen. com. cn
200001　上海福建中路 193 号
上海信老印刷厂印刷

开本 890×1240　1/32　印张 6　插页 2　字数 61,000
2021 年 3 月第 1 版　2021 年 3 月第 1 次印刷
印数 00,001—10,000 册

ISBN 978－7－5327－8616－9/I・5315
定价：48.00 元

目录

作为日本人的村上和日本、日本人……（译序）　001

前言　001

隐喻式人体标本　京都科学标本　001

作为工厂的婚礼馆　松户·玉姬殿　025

橡皮工厂的秘密　RABBIT　051

经济动物们的午后　小岩井农场　073

缝制作为思想的西服的人们　CDG　099

高科技战争　Technics CD 工厂　125

明朗的福音制造工厂　爱德兰丝　147

作为日本人的村上和日本、日本人……（译序）

　　这本书介于报告文学（Reportage）和随笔（Essay）之间，或者称为随笔风格的报告文学亦未尝不可。既然书名为《日出国的工厂》，那么就先查看一下"日出国"的由来。

　　日本原先不叫日本。公元607年日本使臣小野妹子（此"妹子"为男性）出使隋朝，大概以为日本列岛位于中国东边，乃日出方向，故国书开头写道"日出处天子，致书日没处天子"。隋帝虽为昏君，但这种事上并不昏，读罢龙颜不悦，喝令以后不要再给他看这种无礼的东西。此即"日出国"之由来。而"日出国"显然是"日本"的前身。据《旧唐书》记载："日本国者，倭国之别种也。以其国在日边，故以日本为名。"总之，"日出国"即日本，均取"本自日边来"之意。

　　令人意外的不是"日出国"本身，而是"日出国"出现于村上作品。众所周知，村上受西方尤其美国当代的思想和文学影响很深，加之作为专业作家却不为日本主流文坛所肯定和接受，故村上的国家意识相对淡薄，极少强调日本、日本人和日本文化好在哪里。这从前不久接受的两次采访中也不难看出。《读卖新闻》记者就全世界有众多村上作品读者这点问他对日本和日本人怀有怎样的意识，村上回答："较之日本人这一概括方式，我以为最好还是说在日本这个场所居住的人们是怎样生活的。我不太喜欢什么'日本人论'。即使拿日本语这点来说，里边也还隐藏着新的可能性。较之定于一尊，我更想追求自由。"（《读卖新闻》2009 年 6 月 18 日）此前在西班牙接受《COURRIER JAPAN》记者采访时，他也明确表示："不管怎样，我不讨日本文坛喜欢这点应该是确切无疑的。总之我和他们太不一样了。至少我不是他们心目中'理应如此'的存在。他们认为文学这东西多多少少必须追求日语所具有的美，追求日本文化的主题。但我不那么认为。我把语言作为工具使用，作为能够卓有成效使用的、纯粹的工具，用这个工具写自己的故事，如此而已。再说我不是社交型人物，不属于任何文学团体。我之所以一连几年离开日本，就是因为没有特别留在日本的必要。"记者紧接着问他是否因为被日本其他作家所否定而气恼，村上应道："那不至于。只是觉得虽然身在自己的国家，却似乎成了一种外人。"记者随即问他身为地地道道的日本人这点在当下意味什么呢？村上回答："日本人现在正在摸索自己的自证性（Identity）……我们正在重新自我叩问什么是通往幸福的道路。我们仍在寻找这个。"（《COURRIER JAPAN》 2009 年第 7 期）

事实上，村上的小说也极少以肯定和欣赏的语气提到日本、日本人和日本文化。也就是说，村上笔下往往出现一种悖论：表达日本却又排斥"日本性"，用日语表达却又排斥"日语性"——有谁曾在他的小说中见过为川端康成、三岛由纪夫等日本作家所津津乐道的富士山、金阁寺、和服、艺妓、榻榻米、刺身、清酒等大大小小的日本符号？樱花倒是在《挪威的森林》里出现过，而"日本性"以至"日语性"却几乎被消解得一干二净："在我眼里，春夜里的樱花，宛如从开裂的皮肤中鼓胀出来的烂肉。"

村上文学这一排斥"日本性"或"去日本化"的特点甚至被视为其受欢迎的一个主要原因。作家岛田雅彦认为："村上春树的作品之所以能像万金油一样畅销世界各国，是因为他在创作中刻意不流露出民族意识，写完后还反复检查，抹去所有民族色彩。这样，他的小说就变得'全球化'了。"明治学院大学四方田犬彦教授则用"无味性"表达了类似看法："不错，村上是用日语创作的日本作家，但他所依据的文化感受、所提及的音乐和电影或者都市生活方式，在今天的全球化进程中

无一不是世界性流通和浮游的东西，在性质上无法归结为特定的地域和

民族……如果说村上的小说几乎不存在让人感觉出这种传统的日本味，

那么就是说，它是因其文化无味性而跨越国境、得到外国人追捧的。"

（《远近》 2006 年八九月合刊号）

　　不过，凡事总有例外，如 1987 年这本《日出国的工厂》就是。关

于这本书的名字，村上在前言中说他本来想的是另一个，但在采访和写

作过程中，觉得"日本"、"日本人"这一概念逐渐变大，于是改变主

意，采用了"日出国的工厂"这个书名。促使"变大"的一个原因，想

必就是村上在参观工厂当中情不自禁地对日本人发出的赞叹："日本人

这种人实在能干，能干得让人怜爱。能干，并且力图从工作本身找出快

乐找出哲学找出自豪找出慰藉……想到这点，我好像得到了安慰和鼓

励。"是啊，日本人是很能干——村上本人就很能干——能干这点是任

何人都不能不承认和佩服的。村上作为能干的日本人之一，此前也不至

于讨厌能干的日本人，但他以往的作品从未完整地出现能干的日本人这

点确是事实，出现的莫如说是与此相反的日本人，无所事事百无聊赖的

日本人好像为数不少，他们为之快乐和自豪的也未必是"工作本身"，

而往往更是别的什么。但在这本书中，村上不仅详细而生动地描写了能

干的日本人，还描写了他一向讨厌的"组织"——作为"组织"的工

厂。不仅描写了工厂，还肯定了——有意也好无意也好——为工厂这一"组织"提供支撑的日本社会、日本文化，从中不难感受到村上对"日出国"，尤其是对在"日出国的工厂"拼命劳作的日本人的思索、欣赏和喜爱之情，显示了村上的另一侧面或偏离其"常规"的不同之处。

当然，相同之处也是十分明显的，那就是笔法的幽默。工厂毕竟不是"世界尽头"不是"冷酷仙境"，如果秉笔直书，弄不好就成了"调查报告"。村上自然不会干那种傻事，于是淋漓尽致地演示了幽默这一拿手好戏，把严肃刻板的工厂写得绘声绘色妙趣横生。比如"母牛模拟台"，比如专门制造假发的工厂"爱德兰丝"，都叫我看得对日本的工厂发生了大于日本文学的兴趣。下次有机会去日本，哪也不去，就去看那"母牛模拟台"和假发工厂——对假发本身倒不感兴趣——看日本女孩如何为日本的光秃老伯们制作假发套，那场景一定赏心悦目。赏心悦目之余，没准会沁出一种人生的无奈和悲凉。

顺便说一句，村上这次假发工厂"探险记"后来被他融入了长篇小说《奇鸟行状录》。在第九章"电气的绝对不足与暗渠、笠原 May 关于假发的考察"中，笠原 May 是这样向"我"介绍假发公司的："再说假发公司还直接经营美容院，人们都在那里洗假发剪真发。还用说，总不好意思去普通理发店往镜前一坐，道一声'好咧'取下假发叫人理发吧，话说不出口嘛。光是美容院这项收入都好大一笔……那些人赚得一塌糊涂。让东南亚那种低工资地方做假发，毛发都是当地收购的，泰国啦菲律宾啦。那地方的女孩们把头发剪了卖给假发工厂。有的地方女孩嫁妆就是这么来的。世界也真是变了，我们这儿哪位老伯的假发，原本可是长在印度尼西亚女孩头上的哟！"

怎么样，一脉相承吧？

林少华

2009 年 7 月 18 日于窥海斋

时青岛雾失楼台恍若梦境

前　言

　　我读小学的时候（说起来也就是昭和三十年代前半期[1]），上社会课时被领去工厂参观了几次。其中印象最深的是口香糖工厂——口香糖叫"乐天鲜橙口香糖"，圆形，高尔夫球大小——尽管三十多年前的事了，但至今仍能清楚记起。几千几万个橙黄色圆球由机器吐到传送带上，一个个包上玻璃纸装进箱子。那光景在七八岁小孩眼里显得相当奇特。说到底，世上存在那么多鲜橙口香糖这一事实本身就足以让人吃惊。

　　我想，这样的经历大概任何人都会有一两次。试着问了周围好几个人，果然每人都有参观工厂的记忆。有人记得"明治骰子糖果"工厂，有人记得"森永奶糖"工厂。看来，糖果厂这东西相当鲜明地留在大家的记忆里。听人讲的过程中，甚至觉得那不妨称之为一种"必然仪式"。

　　说起昭和三十年代前半期，正是朝鲜战争结束后日本经济紧锣密鼓复兴的时代，理所当然，"工厂"一词也具有一往无前的韵味。虽说不是《化铁炉林立的街》[2]，但仍有"我们也在加油干"那种积极向上的风貌。那样的风貌现在诚然也有，但我觉得当时好像带有国民共识的色彩，公害和噪音之类也没眼下这么严重，浓烟滚滚的烟囱乃是经济复兴的强有力的象征。正因如此，我们才去工厂参观，目睹机械化（令人怀念的字眼啊，觉得）生产线时才情不自禁地感叹"哇好厉害啊"。

自那以来，我心里就有了些因为受工厂吸引而形成的淡淡阴翳——或者不如说同参观工厂无关，而仅仅属于我个人嗜好——有时候那一印象是形影清晰（例如大象）的具体工厂，有时候则是形影皆无的形而上工厂。我每每十分认真地思考这各种各样的工厂，譬如思考制造性欲（这个倒很难说是形而上的东西）的工厂是怎样的工厂。

这里说的性欲工厂，我猜想恐怕是由五个人经营的：两个有点儿呆头呆脑的高中刚毕业的小伙子，一个沉默寡言的中年男人，一个老于世故的喜欢帮忙的所长，加一个名叫玲子的老实而又性急的漂亮女事务员（25 岁，单身，德岛县人）。普通的性欲工厂是个格外悠闲自在的地方，两个小伙子互相开着不够档次的玩笑，中年男人歪在那里看《全读物》[3]里的

1　1955 年前后。

2　日本电影名，浦山桐郎 1962 年导演。

3　オール物。

藤泽周平[1]或其他什么，所长用随身听听着相声，独自呵呵发笑。机器已经停了，四周别无动静，惟独玲子一人或打算盘或打电话或用橡皮筋整理账单，不停地做这做那。

不料，不多久玲子发起火来。她霍然立起，大声吼道："你们怎么搞的？就我一个人干，你们什么也不干！不觉得不好意思么？"听得玲子吼叫，大家吃了一惊，所长差点儿从椅子跌落下来。

"吼得好！你们在干什么呢？"所长也站起吼道，"给玲子那么说能好意思吗？还不快干？一起干！"

"干吧！"中年男人也扔开《全读物》，站起身来，"喂，宫田，中岛，干活了！"

"玲子，我干。""干就是，玲子。"宫田和中岛交口应道。于是，机器轰轰隆隆急速开动起来……这就是我在脑海中描绘的性欲工厂。不过这种描绘因人而异，若问我是否正确，我也说不上来，反正我就是有这种胡思乱想的习惯。

比如说，制造小说的工厂是怎样的工厂呢？制造悲哀的工厂是怎样的工厂呢（例如诗的语言），制造大规模间接税收、存在主义和得过且

---

1 日本作家（1927—1997）。

过主义以及青山学院大学校长的是怎样的工厂呢？那里有什么人、如何做工——我不由得如此想入非非，有时还就细节加以验证。

在这个意义上，可以说，这本书所选的工厂完全是好奇心所使然。"××到底是怎样的工厂、又是怎样运作的呢"——一个念头蓦然浮上心头，随即依序前往，结果就成了这样的顺序：

(1) 人体标本工厂

(2) 婚礼馆（本来打算采访婚礼场馆的厨房，岂料到现场一看，竟被婚礼馆本身的工厂性彻底俘获，以致改变了初衷）

(3) 橡皮擦工厂

(4) 酪农工厂（本来也打算主要采访牛奶处理厂，却被作为"经济动物"的牛的生产转移了目标）

(5) CDG 工厂

(6) CD 工厂

(7) 爱德兰丝工厂

这个顺序，说奇妙也够奇怪，说不奇妙也根本不奇怪。我还想加上 (8) 兵工厂、(9) 作为系统的泡泡浴这两个，后因种种情由放弃。如果可能，以后还想试试。

当然也不是说采访这七个工厂就会使当下经济大国日本平均线上的

工厂情况历历浮现出来。一来是出于我个人兴趣选择的，作为倾向相当偏颇，二来从规模上说，多是中小企业、轻工业，而重工业、大工厂则漏选了。反过来说，感觉上似乎选的全部是意在使当下日本平均线上的工厂情况浮现出来之人一般不选的那类工厂（松下工厂自是例外）。个中缘由，希望读者理解为外行人（非·非小说类作家）的心血来潮。在结果上，我本人为选择这七个工厂而暗暗——话虽这么说，但因为写出来了，已无所谓暗暗——感到自负，认为自有其充分的理由。

作为这本书的名字，本来想的是另一个，但在采访和写作过程中，觉得"日本"、"日本人"这一概念逐渐变大，于是改变主意，采用了"日出国的工厂"这个书名。关于这点有很多很多想写，问题是一旦写开头就有可能收勒不住。不过，我还是想重复一遍——固然不大合适——日本人这种人实在能干，能干得让人怜爱。能干，并且力图从工作本身中找出快乐，找出哲学，找出自豪，找出慰藉。至于正确与否，我当然不得而知，日后如何变化也无从判断，但不管怎样，在我这么写这篇文稿的此刻，整个日本的工厂中仍有无数人动来动去，不停地制造着各种各样的东西。想到这点，我就好像得到安慰和鼓励。

最后交待一句，关于这本书的采访都是在 1986 年进行的。

隐喻式人体标本　京都科学标本

　　我一说要为写这本书去京都参观人体模型制造工厂，几个朋友都着实羡慕起来。

　　"嗳，那人体模型，就是……噢，就是小学物理试验室里悬吊的那家伙吧？头盖骨可以'喀嚓'一声卸下来，红色肌肉抽筋似的一动一动……"

　　"正是。"

　　"心脏红红的，肝脏是褐色……羡慕啊！一提起小学来，我就条件反射地想起那东西。静悄悄的幽暗走廊，物理试验室，放幻灯片用的厚厚的黑窗帘，四周漂着一股酒精味儿……接下去就是人体标本。整个标本看上去有点儿旧，但内脏颜色鲜亮鲜亮的，蛮有说服力。令人怀念啊！运动会啦郊游啦压根儿想不起来了，人体标本那条小肠的褶子却至今历历在目，不可思议啊！"

那么，全国数百万……可能没那么多……数十万人体标本爱好者们，人体标本工厂马上就要出场了。说实话，我也决不是讨厌人体标本的一方。用纸巾包起自己喜欢的女孩的十二指肠到处走来走去，那种怪异的爱好我当然没有，但不管怎么说，还是和上面的朋友一样，少年时代曾被物理试验室里齐刷刷一字排开的骨骼和能够拆卸的人体标本以及福尔马林浸泡的莫名其妙的白惨惨的动物所吸引，饿虎扑羊一样盯住不放。我想——虽然只是我随便想象——世上恐怕所有人都有同样的体验。

为什么骨骼和人体标本会如此强烈地吸引孩子们呢？

我猜想可能是因为孩子们第一次遇上"生与死的隐喻"的缘故。在那些标本面前，孩子们得以第一次将"自己"这一存在相对化。自己的皮肤——滑溜溜光润润的皮肤下面居然存在着如此五颜六色奇形怪状弯弯曲曲重重叠叠的五脏六腑，再往下还有白得仿佛漂白过的令人不寒而栗的骨骼——他们知晓了这一事实。内脏象征着不确定的生，骨骼象征着死。

当然不是说他们当场就清楚地认识了所有一切，认识恐怕是在很久以后。但他们在物理试验室昏暗的一角知晓了这一系统朦朦胧胧的存在形式，并且作为一个里程碑在他们心中留下了烙印。

这同那个有名的古埃及晚餐会有些相似。埃及人在盛大的晚餐会开始前，让侍者拿着装入棺材的骨骼在会场里走动，使人们想起无可回避的死的存在：

"在生之高潮中想到死！"

但是，自不待言，人们并不是为了唤起哲学省察而制作骨骼标本的，也不是对作为某种隐喻的内脏施以色彩，而仅仅是在制作"以教育为目的的标本"。

这座工厂——正式名称叫"京都科学标本株式会社"——位于京都站以南，沿国道1号线南行二十分钟就到。这一带基本上空空荡荡，高速公路附近剩有一块块的零星空地和农田。因为距伏见不远，还可以看见古旧的清酒仓库。电线杆上左一张右一张贴着接客女郎花花绿绿的广告画。虽说事不关己，但我还是不由得怀疑：在这种悄无人烟的郊外路上行走的人，看了广告画莫非会忽然发动情欲不成？这里的景致在所有意义上都不足以刺激人们的想象力。

"京都科学标本株式会社"的建筑物也并非足以摇撼来访者想象力的那一类型，不甚旧也不很新，极其平常的即物式三层建筑。无须说，虽然是制作人体标本的公司，但建筑物也并非罗杰·科尔曼式[1]或安迪·沃霍尔[2]式的。公司后面连着两栋厂房，大的是制作佛像、美术工艺仿制品、庭石、同实物一般大小的瀑布（竟有这东西！）的工厂，小的是教育器具制作部——即制作我们此次采访的对象人体标本的部门。美术工艺部是最近才发展起来的部门，加之制作的东西也相应让人开心，很有一种美术大学工作室那样的气氛，甚至有年轻的女职员。而制作人体标本的部门——虽然被允许参观还这么说，是不妥的——不但建筑物陈旧，务工人员也以年长者居多。总的说来，情景绝对算不上欢快，不是招呼一声"干得可好"就应声"胜利[3]、胜利"那种生机勃勃多姿多彩的工作场所。

工厂的情况往后放一放，我们决定先参观设在公司三楼的展示

1　美国电影导演（1926— ）。

2　美国波普艺术家（1928—1987）。

3　原文为"peace"，即"peace sign"（竖起两个手指比作"V"表示胜利）。

室，以确认这家公司到底生产什么。说起来东西真够多的，遗憾的是不能一一介绍。只见到难以形容（这么说倒也不难）的奇妙标本一排排的，把个足够大的房间摆得满满的。

　　走进展示室，最先映入眼帘的是曾经的骨骼模型和人体解剖模型。这两种模型以各种各样的姿态，整齐地排列在玻璃橱里。最高档的人体解剖模型有几百个部件，身高约 150 厘米，内脏自不用说，就连肌肉都能逐一分解，且男女有别，极有视觉冲击力，其精细程度简直让人叹为观止。能在几分钟之内将几百个零零碎碎的部件组装起来吗——假如深更半夜一个人做此游戏，很可能走火入魔。不过，这般精巧的东西是给医科大学那类专门机构用的，一般用的是 15—30 个部件、身高 100—120 厘米的。我们在小学物理试验室看见的大约为 15 个部件，同一百个部件的相比，分明是哄小孩的玩意儿。二者之差不亚于 F‐15"鹰"（Eagle）战斗机比之塞斯纳（Cessna）飞机。

　　一百个部件的标本不带皮肤，肌肉大体裸露在外，说即物式也好，实战式也好，反正相当有冲击力。因此，即使分为男女，从外观上也很难一眼看出男女，非查看乳房和生殖器不可。问题是，乳房这东西剥去一层皮就相当让人不快。过去印象合唱团"The Impressions"[1]有一首走红歌曲，唱道"Beauty is Only Skin-deep[2]"，的确言之有理，剥去一层皮，美女也罢丑女也罢都是一回事。

骨骼模型也有种种档次。标准的高160厘米，合成树脂制，脏了能用肥皂清洗，非常方便。骸骨模型当然有普通的纯白之物，但其中也有彩色的或按部位分涂颜色的全彩头骨模型，这东西不无LSD[3]意味，颇具迷幻效果。

总之，这些物件一排排逼仄地摆在这里，光看都相当紧张，无论怎么想都不能说是寻常光景。紧张也没用，还是要请营业科的横山君讲一讲。

——制作这类标本的地方，在日本除了贵公司再没有了吧？

横山：没有。战前倒是有几位一开始在我们这里做，后来辞职自己开家庭作坊，但作为厂家拥有公司组织并且有车间的，

---

1 成立于 1958 年的美国合唱组合。

2 意为"美人只是一张皮"。

3 lysergic acid diethylamide 之略，麦角酸二乙基酰胺，一种强烈的半人工致幻剂。

只我们一家。

至于为什么在京都开始，详情我不了解。不过例如时装模特之类，那东西也都是从京都开始的。说到底，它的源头来自岛津（制作所）。京都有七彩模特和大和等厂家，同我们算是兄弟公司。手工业这行当嘛，还是京都有优势。

——这东西的需求量怎么样呢？比如骨骼什么的又不能随便鼓捣花样……

横山：这是非常伤脑筋的地方。当然，学校教育、医学教育方面有更新周期，一般十几年一次。毕竟我们是以学校为主，所以也开发新产品……例如仿真产品什么的。

坦率说来，近来由于行政改革问题，学校方面预算年年削减，尤其同文部省有关的削减的更多。另一方面，如二位所知，开设医科大学的热潮大体已告一段落。同时，护理方面也每年都受到预算影响。因此，近来还是为如何推销煞费苦心。

——比方说，制作肝脏时要看真正的肝脏进行研究吧？

横山：是的，是那样的。啊，只是，着色方面这个那个难点很多。人体的实际颜色是非常棘手的，颜色很复杂。此外还一个难点就是，我们目睹的都是尸体，无一例外。生体和尸体在颜色上又有所不同。大体是参考尸体进行着色作业的，但如果颜色太深——由于太活生生，本来已经弄淡了一些——到了美国，人家还要求弄淡、弄得鲜亮些。过去，所谓过去……呃，也就是十年以前吧，那时面向国内和面向国外的颜色是不一样的，面向美国的颜色浅淡。相对说来，美国人喜欢时髦，中意鲜亮的色调。做到那个程度，几乎都要用手工。考虑到和人工费的平衡，无法那样操作，所以近来一体化了，弄成了国内要求和美国要求的中间颜色，哈哈哈。

不，技术人员不都是理工科出身，差不多是对制作这种东西怀有强烈兴趣的人。从原理上说，同制作那种食物样品没有区别。具体说来，模具问题和着色问题固然有所不同，但从我们的角度，（食物样品）是极有参考价值的。这是因为，在着色方面，眼下我们的最大课题是如何做得又快又准。当然也有人的问题，有如何机械化问题。这已变得刻不容缓。从这点来说，在批量上同食物相当有关——那里面有什么技术诀窍呢？为此搜集种种资料进行研究……

——就是说，没有人出于个人兴趣搜集这些？

横山：这个嘛……唔……啊……倒不是经常性的。也有想要个头盖骨啦模型啦那样的人，不过不多。

这个牛的1/2解剖模型？差不多要九十万日元。若是人体模型，最便宜的、身高一米左右的，呃……大致二十来万，可以分解成十五个部件的。若是一百个部件的，唔——，男的一百一十万，女的一百二十万，女的贵些（笑）。原因嘛……呃——尤其生殖器方面，女的……女的复杂。是的，差十万元。

不得了啊，女的因生殖器贵十万日元。不过这么说来，倒也觉得是那么回事。

下面顺便从"京都科学标本"数量庞大的产品群中介绍几个有可能成为其偏激佐证的辉煌例子。虽然同过普通日子的一般市民基本上无关，但毕竟世间存在这样的产品，存在使用这种产品进行研究或实战演习的人，存在孜孜矻矻从事制作的人——在此希望大家认识到这点。

（1）附带婴儿头部的女性骨盆模型。

"砰"一声放个骨盆，上面带弹簧，弹簧顶端连着婴儿脑袋。形状相当奇特。问干什么用的，原来是同实物一般大小的实习用模型——把婴儿脑袋整个塞进骨盆，再从阴道摘出。不过骨盆上方冒出婴儿脑袋的光景多少有些令人悚然。

（2）带心音的胎儿 IC[1] 模型

说是推荐产品未免欠妥，总之这家公司的胎儿模型相当逼真，看了心里不由得"咯噔"一声。这是大约三周大的胎儿内藏心音发生器，还能调节音量和频率。看样子完全可以包在坐垫中，贴在腹部吓唬男子："喂，这可是你的孩子！"不过请别这样，很吓人的。顺便说一句，价格十一万日元。

（3）灌肠施药用的仿真模型

理所当然，我等局外人第一次目睹，这东西未免有一种"厉害"的意味。有翘起的屁股，有肛门，当然和实物一般大。屁股做得很巧妙，可以"忽"一下子用手按动，以便顺利插入灌肠器，价

---

1 即"集成电路"。

格二十五万日元。够贵的，不是可以随便弄一件的便宜货。

（4）关节种类模型

和灌肠仿真模型不同，这个十分可爱。人的关节有九种，一横排悬在那里，看样子作为时髦的室内装饰品也能胜任。价格不清楚。

（5）耳朵结构模型，特大型

不得了，这东西不得了！高达六十六厘米的耳朵，可以分成九块。达利[1]先生都很可能欣喜若狂。产品说明中有这样一段：

"可以取下外耳，解剖中耳，再取出内耳，解剖耳蜗、前庭和半规管，取出耳咽管的球形囊及卵形囊和连接半规管的器官，显示其同骨迷路（bony labyrinth）的关系。听管和鼓膜也能分解。此外，神经及血管分布状态也可以得到详尽反映。"

按说明全部拆卸固然不成问题，全部组装起来就有一种达利风格，分解开来则有传声头像（Talking Heads）的味道，细细看去，令人百看不厌。尤其耳蜗，形状是何等的端庄可爱！

---

1 萨尔瓦多·达利（Salvador Dali, 1904—1989），著名西班牙加泰罗尼亚画家。因其超现实主义作品而闻名。

也许有人不仅仅满足于耳朵模型，而想进一步深入探求，那也不要紧，正好有比实物大二十倍（!）的耳小骨模型可供使用。目睹镫骨、砧骨、锤骨的绝妙组合，恐怕任何人都不能不点头称是。

（6）实习模型（桂子）

惟独这个实习用女子模型被取了名字，想必是因为"实习"同"稽古"语音双关的缘故[1]。此乃大幅度超过黑色幽默领域的富于幻想的名称，实在可歌可泣。身高一百六十厘米，用特殊成分PVC树脂制成，重约十三公斤。实习项目为：1. 注射（皮下、肌肉），2. 清洗（胃、肠），3. 灌肠，4. 导尿（女），5. 擦拭。价格三十一万元。面部表情颇像某色情业评论家。

再就面部写几句。老实说，越是高档的模特，表情越逼真，而低档的则像是二流时装模特。最高级的"稽古"双性实习模型——即可以置换阴茎和阴道的——虽然价格高达六十八万日元，但长相十分好看，甚至带有洗发实习用的假发。

---

1 日语汉字"稽古"有练习、学习、实习之意，日语读音为"ケイコ"。上文的"桂子"原文没有用汉字，仅用"ケイコ"表示，既像个女孩的名字，又有"稽古"的含义。

(7) 南丁格尔[1]像

读者或许感到奇怪，为什么南丁格尔像会出现在灌肠仿真模型、耳小骨模型之中？这是因为对于护士学校来说，南丁格尔像是必不可少的，正如大卫生间之于啤酒馆（抱歉）。护士工作十分辛苦，当她们筋疲力尽忍无可忍时，抬头看见南丁格尔像，就会受到鼓励，心想南丁格尔也是这样做的，随即打起精神重返岗位。加油干吧……写到这里，忽然想起大学二年级时和圣路加医院一个女孩约会，借了她一千日元一直没还。不够意思啊！

总之，展示室里的制品实在五花八门，一一写来是写不完的。前面也说了，"京都科学标本"的人员不是因为好事才制作这么多物件的，这许多制品不言而喻都是教育用品、专业用品。所以，像安西水丸君那样纯粹出于兴趣而捏一下"乳房按摩模型"（十一万日元）的乳头，明确地说那是不可以的。我也极想一试，不过终究忍住了没动。就实习模型"桂子"来说，因为护士学校的女孩每天

---

1 英国护士（Florence Nightinggale，1820—1910）。克里米亚战争期间活跃于野战医院，被称为克里米业业天使。回归后创办护士学校，致力于护士的培养，创建护士组织。

都用它来拼命地实习，同样不可以笑着说什么"啊哈哈，这很像××嘛"。

问题是，就算脑袋里一清二楚，但一旦面对这一个个制品——仅仅用眼睛看——还是会觉得妙趣横生、精美绝伦、足以乱真，受到强烈震撼。未必让人勉强接受的东西，反而让人感到新鲜和有说服力。由于价格偏高，我们普通市民个人很难购置，但反过来看，将这种特殊东西做得能让普通市民随便购置的公司也是相当可怕的。

——这么看起来，模型的长相也是多种多样的嘛。

横山：噢，比如这南丁格尔像吧，过去有相片，按相片上的做出来。都说长相吓人，护士学校的老师看都不看一眼，哈哈，结果却做成了十分和蔼可亲的样子。肖像画大概是以前画的，样子是很吓人，大家都不买账。很难的。护士学校的老师还有人说，就连南丁格尔的偶人眼角都有点儿凶，是的。

做面部吃过不少苦头，新产品总是有人投诉，一再返工。结果嘛，受人欢迎的长相大多是温柔可爱的，这一来，面部就有了模式。比方说，这个长相受欢迎，往下就如法炮制。

　　这其实是受护士学校老师的影响——拿去那里问他们"这样如何"——但即使 A 老师说这样可以，拿去其他学校，也会有老师表示不屑："什么呀，这个！不能再想想办法吗？"这种事是常有的，我们也没办法。本来想，这同教育有什么关系呢？但实际上非常……

　　听横山先生这么说，我想脸这东西到底非同小可。盲肠啦肛门啦哪怕做得再好，一旦脸上有疏漏，护士学校的女孩子们也还是上不来情绪，因为感情无法转移。尽管我们认为没必要做得像西武百货[1]大楼里的模特那样栩栩如生，以致有个老太婆去问"柜台在哪里"。

　　好了，往下该去实际制作这些物件的工厂看看了。

　　一进工厂入口，首先是树脂成型工序，这部分没有任何特殊的东西。在树脂阶段，先着底色（做人体是先着肤色），之后嵌入模

1　日本著名的百货连锁店。

具，用炉火加热。比如说做肝脏，就把树脂注入肝脏形状的模具，像烧鲷鱼那样烧就是。那里有形形色色的模具，从婴儿脖颈到骨盆，应有尽有，成排成列，说异乎寻常也异乎寻常，但工序本身和制作洗脸盆一个样，技术上没有任何值得一提的。两个身穿工作服的老伯正默默地烧制着肝脏。如果日复一日制作肝脏、心脏和膀胱之类，那东西看多少个怕也是无动于衷了。

经过这里，沿楼梯上到尽头，说是工厂的心肝也好，卖点也好，景点也好，反正那里是彩色部。在下面工厂成型的东西被运到这里，由工匠们用手逐一着色。场所就像学校里的教员室，工作台一张挨一张，工匠们坐成一排，用笔往一个个内脏上着色。这里同样默默工作，没有背景音乐，没有说话声。

钢架上不时探出尚未着色的手脚和胴体，印有"青森苹果"或"淡路白菜"字样的纸壳箱里塞满了头盖骨和心脏等物，它们都在耐心地等待着色。着色的老伯们看上去并不怎么着急，像做传统工艺似的悠然自得，仿佛在说"这小肠褶子的阴影淡了，这个颜色不行，换支笔试试……"不过看的时间里，我觉得这工作非同一般，费事，工序也细，而且色调复杂，讲究起来没有止境。这种活计用机器处理怕是不大可能的。

横山："是啊，如果单单往平面上'啪'一下子刷漆，机器是做得来的，问题在于又要仔细分色，又要用特殊颜色——我们叫三合土——烘托质感，这个机器就胜任不了，只能靠训练有素的人手工操作，目前阶段。"

由于这个缘故，作业间里没有临时工和钟点工太太的身影，全都是手势熟练的老伯老婆婆们一动不动坐着忙个不停。据横山介绍，虽然看上去悠闲自在，实际上大家相当紧张，都在争分夺秒。看人是不能光看表面的。

涂料是不易褪色的耐水的普通乙烯真漆，画笔主要是画日本画用的那种。台面上排列着很多笔，各有各的用途。分工很细。比方说，为了画出发际的微妙线条，要用毛刷断断续续地轻刷一下。但在营业部的人看来，发际什么的何苦那么讲究呢！对营业部的人来说，只要能做教育标本即可，若像做偶人那样细细着色，还不如多做一个为好。

可是，现场的老伯自有其现场的自尊："不不，这种细小地方一定得做好才行。"总的说来，京都人在这方面有一种相当执拗的

倾向，如果有人说"喂，高桥，脸上那地方差不多行了吧"，高桥
反倒要死死盯住那地方不放。不过，这事儿也真够有趣的。

作业间里的工作，每个工匠的独立性很强，分工几乎没有。原
则似乎是，某人着手的工作就要本人收尾。因此，即使是很大的人
体模型，也要一个人善始善终，不会分工由斋藤涂生殖器、由西田
涂肛门、由门崎涂大肠什么的。因为每个人都运用各自的技能分别
着色，所以一件件制品理所当然地多少存在着差别，有的设色鲜艳
些，有的则略显沉稳，有的一丝不苟，有的大而化之。真想让安西
水丸君也涂一件试试。

总之，这内脏颜色有各种各样的诀窍或技术。举个例子，如果
不太乐意涂以新鲜颜色而想表现"中年阶段大众传媒工作者"肝脏
那样的滞涩色调，那么就把笔蘸上涂料后"啪"一声甩在报纸上，
等笔干到一定程度再涂，这样就会出来"古色"。一句话，这和塑
料模型的色彩是同一诀窍。每位工匠都有各所不同的诀窍，就像超
级马里奥那样不断挥舞着克敌制胜的法宝。

旁边一位老婆婆正在用纸捻制作极其纤细的神经系统模型。这
活计相当辛苦，或者不如说一看都险些让人神经错乱，着实非同小

可。用纸捻做出来的几十根神经要分别着色，忽而潜入那里，忽而绕到这边，缠来绕去，难解难分，而又必须全盘准确地再现其来龙去脉，实在要命的活计，我可是横竖做不来。

听说外国人因为做不出纸捻这东西，来参观时都大吃一惊，我也大吃一惊。

这一神经系统已经做了三年，仍未做完。每做出一点儿，就给九州一所大学的老师看一看，对方一说"这里不对"，就加以修正，如此反复不止——听到如此介绍，我不由得暗暗叫绝，三年！

——看上去都一副工匠风度，或者说都在独立操作，每一个人。

横山："嗯，一点儿不错。这个嘛，既是好的一面，又是不好的一面。因为这样一来，横向联系就有问题。比如颜色的涂法，美工部门正在专门研究如何涂得又快又准，只要去那里，我想就能学到那样的技术，但谁也不去。工匠之间的关系嘛，都认为自己用的是自古以来的独家技术，既不想教别人，又不想被人教。年轻人倒不这样。差不多越是上年纪的人，这种倾向越明显。

"现场作业人员现有一百一十名左右，基本都是喜欢这种工作的人或怀有兴致的人。其中也好像有人喜欢做人体模型……我们的一个难题是怎么培养年轻接班人。"

横山的介绍也使得我们大体明白，"京都科学标本"最大的问题点就是手工操作占生产主要部分，而且又不是可以使用钟点工那种简单的手工活，而是需要高超技术的。所以，干这行的人势必成为具有工匠气质的专业人员，而这又同技术革新和效率提高不相容，让营业部门的人感到头痛。

规模化制作这种人体模特的国家仅德国和日本两国，出口市场也相持不下。但由于日元升值的关系，日本的货物已不可能接二连三发往海外，国内市场又由于教育预算削减而一蹶不振。可以说，这方面的烦恼也是日本普通中型企业大同小异的烦恼。"今后大概要朝以专业性仿真为主的方向发展。"营业部的横山这样说道。前面也说了，人体模型的需求已经饱和，这很有可能迫使"这是我的独家技术"型老伯也不得不转变其性质。我个人倒是觉得那未免有些寂寞……

　　——提问太普通了，抱歉——您这里也是公司，忘年会和集体旅游也是有的吧？

　　横山："有的。集体旅游去年去哪里来着……去的不是什么好地方，没记住，大约是静冈县的登吕遗址。"

　　——说起登吕遗址，较之集体旅游，好像更适合研修。

　　横山："如果有那样的线路，我一定去看看。因为工作关系，我经常去海外出差。若说去哪里，是去看科学博物馆。不乘坐什么旅游大巴。毕竟是工作关系。"

　　——那么，忘年会上也一直谈这个吗？比如"那家伙的直肠颜色不像样子"什么的？

　　横山："哪里，没那回事。谈的是极一般的话题，也谈卡拉OK。人这东西，都一个样。至于共同话题，就是工作。谈到营业部，也说其他部门的坏话。一般说来，和普通公司没什么两样。"

我险些笑出声来，这"京都科学标本"是不是横山嘴里的"一般说来"的"普通"公司，我还真不好判断。一来集体旅游去什么登吕遗址，这很难说是普通一般。二来作为实感，将制作"静脉注射用仿真模型"的公司同生产"奈良酱菜"之类的公司排在一列，说是"一般说来没什么两样"，未免有强加于人的意味。

当然啰，在旨在有效生产、有效销售这点上，科学标本公司也好奈良酱菜公司也好，功能方面倒是毫无二致。但作为整体来看，二者毕竟是有本质不同的。怎么不同我也不好回答，若以一言蔽之，即"我们都算快乐地工作着"。诚然，给内脏涂颜色并非什么让人欢欣鼓舞的活计，且麻烦多多，但从旁观者角度看倒也非常有趣，足以让我也产生一试身手的冲动。我想，那大概是因为制作动机地道得近乎过分，同时，尽管是手工业，却又不是传统工艺，这种较为淡泊的执著方式也让人产生妙不可言的愉悦之感。

如果多少便宜点儿，我很想买个牛的1/2模型，遗憾。

作为工厂的婚礼馆　松户·玉姬殿

　　为了写这本书，选了几家"工厂"前去采访，书便是由"探访记"——或者类似"探讨记"的东西——构成的。只是，其间也混杂着几个以世间一般常识很难称为"工厂"的东西，这婚礼馆"松户·玉姬殿"即是一个显例。

　　无须说，婚礼馆当然不是正确意义上的工厂。除了菜肴，婚礼馆既不生产某种有形的物件，又没有传送带和压缩机隆隆作响。但是，假如您有机会仔细观看婚礼馆——没必要非是"松户·玉姬殿"不可，大仓饭店的婚礼厅在本质上也是一样——依序选出若干对新婚夫妇的婚礼全过程，那么，我想您恐怕不至于反对把它列入"工厂"这一范畴之中。说实话，那除了工厂什么也不是。

　　作为工厂的婚礼馆或作为"婚礼馆"的工厂，自不待言，其原料是被称为新郎新娘的一对男女，其机械动力是专利性技术和训练有素的服务，其主要附加值是感动（或有所节制的情绪的亢奋），支撑其需求的是世间一般的"风俗、常识、习惯"。如此这般，婚礼工厂至今（若非"佛灭日[1]"）还是一个又一个地产出名为 Ceremony（典礼）的绚丽夺目的商品。

话虽这么说，但决不意味我对这种"婚礼工厂"式的婚礼馆的存在持批判态度，也不对其怀有嘲讽情绪。说老实话，我对"松户·玉姬殿"既不 Yes 又不 No，而是以中立性立场写这篇文章。

所谓"中立性立场"，具体说来是这样的：

（1）尽管我本身没在婚礼馆举行婚礼，（2）但完全理解婚礼馆的存在意义。

我所以没在"松户·玉姬殿"举行婚礼，是出于极为个人的理由——一言以蔽之，我在生理上讨厌集"会"这个东西，"松户·玉姬殿"无任何责任。我这人比较犟，基本不为取悦于人而刻意做自己不喜欢的事。因此，我本身最初（莫如说和我现在的老婆）结婚

---

1 日本历法六曜之一。只宜做佛事的日子（做其他事皆不吉利）。吉日为"大安日"。

时也没举行哪门子婚礼。就算再结婚一次（嗬！）也全然没有举行婚礼的念头，"松户·玉姬殿"也罢哪里也罢。

可是，即使这样的我——性格偏激的摩羯座小说家——也能够在某种程度上理解婚礼产业何以存在于世的缘由。婚礼产业之所以存在于世，乃是由于许多人寻求它、需求它。

大部分世人需要 Ceremony，寻求相伴而来的某种感动。对于众多世人来说，婚礼便是这么一种东西。不过他们寻求的不是真正的感动。他们寻求的是有始有终并且适度发挥功能的可以把握的感动。

总而言之，那就是所谓 Ceremony。

世上既有有入口无出口的感动，又有有出口无入口的感动；既有把别人扭胳膊按倒的感动，又有让人小便失禁的那类感动（或许）。但是——我想这已不用我说了——人们在婚礼馆寻求的并非如此不可把握的那类感动。

假如那里频频发生天崩地裂般的感动，而且每次都使得参加者或趴在地板上抽泣不住，或新娘屎尿失禁，或新娘的父亲感动至极而用切牛排的刀子划开新郎的喉头，那么人世必将乱作一团。那类感动婚礼馆是不需要的。

在婚礼这一 Ceremony 场合，人们既心情激动又眼泪汪汪。但作为场景设定，即使眼泪汪汪，眼泪也要控制在一定时间内。这是因为，一如棒球场上有 lucky seventh（幸运第七局）、火腿三明治附带 Pickles（西式泡菜），那种感动也伴随 Ceremony 程序，需准确控制，不使之凌驾于程序之上。这便是"适度且可把握"的感动。就是说，惟其可以把握，才能用金钱买卖。

我这番言说可能带有讥讽意味，但正如我一开始就说过的，其实决非以讥讽的眼光看待"玉姬殿"（多好的名字），大报精英专栏作家那些自作聪明的文章嘲笑"华美而表演过剩"的婚礼馆，我至少没有用那样的讥笑目光来看待。世人（如若允许，我想说庶民）花自己的钱获取自己寻求的东西——有什么不可以？进一步说，婚礼这东西，到哪里为止是正确的、从哪里开始是不正确的，到哪里为止是必要的、从哪里开始是不必要的，到哪里为止是婚礼的核心、从哪里开始是附属物的，到哪里为止是优雅的、从哪里开始是无理取闹的呢？莫非谁有权利判断这个不成？

我不明白。

因为不明白，所以回避判断。

举个具体例子任凭诸位读者判断。

事例研究

新郎：铃木力　26 岁

新娘：沼津绿　23 岁

铃木是千叶县松户市人，父亲在松户站附近兽医诊所，次子。亲属多在千叶县居住，叔父为松户市议员。

法政大学法学院毕业，就职于某大型石油公司，属营业部。月薪约二十八万，在父母家附近租住一个小套间（房租四万八千日元），乘千代田线去丸之内上班。

爱好是摆弄音响器材和开车（车是五十铃 GEMINI），周末基本上开车远游。音乐喜欢 ALICE 乐队和巴瑞·曼尼洛（Barry Manilow），书喜欢推理小说，女演员喜欢石原真理子。大学时代和同一体育俱乐部的低年级女孩交往来着，毕业后分手。自那以后，每月洗一两回泡泡浴。对"保健按摩"感到不放心，不很喜欢。存款一百八十万。

沼津绿，静冈县烧津市人，娘家经营便利店，有兄两人，长兄继承家业，次兄在富士电视工作。

昭和女子短大[1]英文专业毕业，其后就职于中型广告制作公司，因同上司关系不好，半年后辞职，现在银座一家画廊工作。月薪二十一万，有存款二百三十万（其中一百五十万是父母给存的）。住代代木上原一个公寓小套间（房租七万八千日元）。订阅杂志：《CLASSY.》、《安安》、《Dacapo》。

19 岁起不再是处女，和一个在滑雪场相识的庆大[2]学生。此后在 21 岁那年秋天同一个在画廊相识的已婚 39 岁男子关系发展很深，因纠纷不断，半年后分手。

如此二人在广阔天地中偶然相遇，堕入恋情，约定结婚，准备在松户的玉姬殿举行婚礼——这世间有趣也好无趣也罢，总之是常

1　"短期大学"之略，二年制，相当于我国的大专。
2　"庆应义塾大学"之略。

有的事，和《特里斯坦与伊索尔德》[1]之类截然有别。

读者中或许有人问这两人是如何相爱的，虽说同主题无关，但我还是想简单勾勒一下主要脉络。

铃木力第一次见到沼津绿是 1985 年 9 月的事。铃木的上司在沼津工作的画廊举办油画汇展，铃木被借到那里帮忙接待，结果铃木一眼就看中了沼津。沼津高个头，身段好，衣着也优雅得体，虽说算不上绝代佳人，但眉清目秀，牙齿整齐。

沼津也不讨厌铃木，整体上多少有些粗硕，领带花纹也俗不可耐，但为人和善，做事认真，开的玩笑不怎么有趣——这点也够可爱。

这么着，两人约会了几次，看电影，喝酒，又去代代木上原沼津的住处做了第一次爱，那是 12 月 4 日的事。

铃木提出结婚时，沼津多少有些犹豫：这——，如何是好呢？她固然喜欢铃木，认为他是合适的结婚对象，却又想再独自生活一段时日，况且对方在外观上决不是她心仪的类型，石油公司也太传

---

1 欧洲中世纪著名恋爱传说（Tristan und Isolde 德）。后改编为歌剧，描写误服春药的特里斯坦和伊索尔德的生死恋故事。

统，不怎么合她心意。但她最后还是决定和铃木结婚，因为在她交往过的男人里，没一个像铃木这样，两人在一起时让她心怀释然。错过了他，有可能再也碰不上这样的对象。

"好吧。"沼津低声应道，然后轻轻贴上铃木的裸胸（写这种事相当累人）。

次年的 3 月 31 日，微阴的星期日下午，铃木和沼津从北松户站步行五分钟去"松户·玉姬殿"预订婚礼场地。两人边走边扯：

"×××办法真是妙极了，昨晚、嗒嗒××××。"

"瞧你！呵呵呵，你也够×××的了！"

就连路旁的老牛也很稀罕似的打量着两人的姿影……这是说谎，松户根本没有牛，应该没有，我想。

两人所以选择"松户·玉姬殿"，是因为那里离铃木父母家近，方便。具有都市女郎倾向的沼津本来想还是市中心的酒店为好，也那么说过，但最终还是妥协了。和多数贤惠女子一样，她也朝着伟大的现实主义者迈出了第一步。惟其如此，当铃木说"市中心的酒店大都有名无实，那么虚荣是没有意思的，我们又不是演艺人士"的时候，她才痛快地表示同意。

此外，一个在《安安》杂志搞设计的好友的劝说，也是促成沼津迅速妥协的一个原因。那好友说："如今玉姬殿的另类做派很受时髦人欢迎呢！"

两人估计婚礼总预算大约二百五十万，算上新婚旅行（夏威夷）要三百万。费用自然从两人存款里出，但其中一半左右可以用收礼的钱替代。反正问题不大。

来宾约八十人。两人希望的日期是十月间的周六、周日，试看情形如何。

婚礼预约咨询台设在"松户·玉姬殿"的地下一层。宽敞的楼层齐整整排列着婚礼服、回赠礼品和菜式样品，场景很有些像"结婚展销会"。预约婚礼场地的客人可以在这里亲眼看着挑选，什么衣服要这件啦菜式要那种啦等等。安排得十分方便，而且具有刺激前来咨询客人情绪的效果。

咨询台接待铃木和沼津的，是一位姓荒木的年轻负责人，身穿深蓝色宽身外衣，举止文雅，态度热情，绝不会劈头问道："哦？想结婚？那，预算多少？"

荒木（以下称"荒"）：噢——，您希望的日子是 10 月 12 日星期日，人数八十名……请稍等。啪啦啪啦（查看日程表），啊，不要紧，最大的"庆云厅"还空着。

铃木（以下称"男"）：啊，太好了，10 月的这个星期日是"大安日"。原以为不行了呢……

荒：只是，时间仅限于午前这个时间段，十点半婚礼，十一点半开始婚宴，二点半结束……

男：那也可以的吧？

沼津（以下称"女"）：没办法啊。从烧津赶来的人可是够紧张的。

男：是没办法。也罢，就这么定下吧。

荒：谢谢。那么确认一下，10 月 12 日，铃木家、沼津家两家结婚典礼定在"庆云厅"举行。

如此这般，事情有条不紊地向前推进。最先决定的是日期。日期和婚宴来宾人数。这个不清楚，就无法预定房间，一切无从谈起，理所当然的事。因此，第一次咨询必须一只手拿着"六辉一览表"[1]进行。

房间定下之后，往下就要商量婚礼。"松户·玉姬殿"里面有神道式婚礼场地，但希望举行基督教式婚礼和佛教式婚礼的人要在外面完成婚礼后才回来办婚宴（大概）。

> 女：神道式可以的吧？
>
> 男：别的麻烦，就来神道式的好了。袄教[2]式没有的吧？
>
> 荒：啥？
>
> 男：啊，开个玩笑。

说到这里，荒木将日程表递给两人。事情即将进入细节。首先是请柬的分发。

> 男：请柬……请柬这东西一般由您这里负责的吧？
>
> 荒：是啊，差不多都由我方负责。若是亲戚里有搞印刷的

---

1 亦称"六曜一览表"，标明吉凶日的历书。
2 琐罗亚德教是古波斯的国教，在中国又称拜火教、火袄教。

自是另当别论。否则，就要商量顺序，比如回复期限等等……

男：亲戚里可有搞印刷的？

女：没有。你那边呢？

男：好像没有。

这样，请柬的制作就委托"松户·玉姬殿"。请柬较婚礼提前两个月制作，具体问题届时商量即可。

接下来就是预算。

荒：呃——，首先是菜式。（啪啦啪啦，翻看样品册）这是日本菜式中六千日元的。

女：不有点儿寒酸？

男：想来条鲷鱼。

荒：那好，这边是八千日元的。

男：还没见鲷鱼嘛。

女：啊，这里有鲷鱼！

男：真的，真有鲷鱼！

荒：这个是一万日元的档次。

男：那，就来这个档次的……

女：哇——，难道不是这边的才够意思？

荒：那是最高档次的，一万七千日元。

女：螃蟹、虾、鲷鱼、生鱼片……

荒：那么，确定一万日元的。

男：真有鲷鱼的？

荒：绝不含糊。

于是，菜式定下。菜谱为：有头有尾的鲷鱼、伊势鲜虾、生鱼片、炸虾、烤鱼、杂煮、醋拌凉菜、盅蒸蛋羹、清汤、甜瓜。

问题是，光上菜是不会讨来宾欢心的。婚宴和赏花宴非有酒不可。

荒：香槟、啤酒、清酒、果汁无限取饮，每人一千六百日元。

男：那么，一千六百日元乘以八十人……

荒：（啪嗒啪嗒，按计算器）……十二万八千日元。

男：那就这样吧。

荒：只是不包括威士忌。如果要威士忌，得另请预订。

女：威士忌是不是就免了？

男：不过，千仓的老伯没威士忌要大发雷霆的，他都快酒精中毒了。

女：那就没办法了。

男：来三瓶威士忌。

荒：明白了。菜式和酒水就这么定了。八十位，十张圆桌我想够的。

男：可以。

荒：那么，蜡烛是要心形的？

男：（问沼津）你看呢？

女：怎么都成。

男：（问荒木）大家都要的吗？

荒：大体上。啊，一般都要的。偶尔也有不要的。

男：那，就要好了，和大家一样。

荒：好的，纪念蜡烛八千日元，（喀嚓喀嚓，用圆珠笔往预算书上写款额）。还有，司仪怎么办？由我方请还是您二位请？

男：这——，司仪费要多少？

荒：四万日元。

男：（问沼津）怎么好？

女：自己请也够麻烦的。

男：渡边君倒像有两下子……

女：他那个人嘛，有时候说话不讲究，不晓得说出什么来。

男：那么，就请您这里安排。

荒：专职司仪，绝对万无一失。这项四万日元（喀嗤喀嗤）……电子琴要不要呢？

男：电子琴算了吧……

女：算了。

荒：另外要收取整体效果费，五万五千日元。

女：整体效果？

荒：所谓整体效果费，奇幻表演费，例如干冰烟雾啦音响控制啦，或者卡拉 OK、玻璃球彩灯、讲故事等等，全部包括在内，整套五万五千日元。当然单选也是可以的，但还是整套的便宜。

女：讲故事是什么？

荒：就是——，把二位小时候的照片做成幻灯片，配解说
词放映。

男：一起来吧，就来五万五千日元的。具体的弄不明白。

荒：另外，关于吊篮使用费，以房间席位费收取，每位多
讨一百日元。

男：吊篮？

荒：换完衣服的新郎新娘乘坐吊篮从天花板"吐噜噜"降
下，让来宾大吃一惊……

男：那怕是要吃一惊的，简直是《第三类接触》[1]。

荒：啊，倒不至于那么神奇。

男：（当然不至于）

荒：还有鲜花。从便宜的数起：珍珠、红宝石、翡翠绿、
钻石……搭配好的。

---

1 1977 年公映的美国科幻电影，由斯皮尔伯格执导。

男：头都开始痛了。这，区别在哪里呢？

荒：首先花的数量有区别。

女：花的种类呢？

荒：大体是康乃馨。不是康乃馨，量就出不来。玫瑰什么的也能预订，但即使棵数和康乃馨相同，量也出不来。再说又不能全用开得正盛的，相比之下，还是含苞欲放的更好。这样一来，无论如何也……

男：最贵的钻石型是怎么个样子？

荒：钻石型即使用康乃馨也是一大把，此外配以洋兰。比方这里有一张桌子，中间放一瓶花，两边也放。若是最便宜的，感觉有些单调，而若是贵的，效果就大不一样。尤其您二位用的是最大的房间，来便宜的，反倒显得寒伧了。

男：既然如此，那就来个翡翠型如何？

女：是啊，寒伧叫人讨厌。

荒：明白了。（喀嚓喀嚓）另外，请束做多少份呢？

女：估计有谢绝的，多做合适吗？

荒：哪里，谢绝的几乎不会有。除去礼节性送出的，缺席的大体估算得出。总之，就像为了确认而分送似的。所以，一对夫妇一份就可以了。这样，八十位来宾的婚宴，计算上可以减去十位左右，因此我想七十份就可以了。请柬价格有几种，平均三百六十日元一份。

男：不太懂行，交给您了。

荒：还有席位名牌的印制，数量和请柬相同。一个五百日元。

男：拜托了。

荒：好的（喀嚓喀嚓）。往下是婚礼服。这个怎么打算？

女：还是和服款式吧，嗯？

男：嗯。

荒：换装用的呢？

女：时下流行的……？

荒：若说流行，由和服换穿西式礼服裙的占多数。

女：那，我也照样。

男：我嘛，由家徽和服换到无尾晚礼服就行了。

荒：那就这样。价格下一步再定吧。

女：为什么？

荒：因为价格相差幅度大，还是把其他的定下以后再……

男：有道理。

荒：帮穿衣服的费用是一定的，长袍和服、长袖和服、西式长裙……五万三千日元。男方两件八千日元。

男：差价不小啊！

荒：下面看看回赠礼品。蛋糕如何？叫婚礼蛋糕，一般是三角形，这么大……也有人要树年轮形的蛋糕。

男：年轮形的不有点儿卖剩下的味道？

荒：那么，就定三角形的……按人数准备的吧？

男：那是。

荒：此外还有红豆饭或盒装套餐，这个怎么样？

男：那就不要了吧？

女：近来不大常见。

荒：有的地方非这个不可。还有打糕或我们这里的包子。

女：唔，包子倒也不坏。

男：这，多少钱？

荒：六百日元。

男：可以。那，来八十个。对了，我这边的不要"贺"字。

荒：不带"贺"字的四百日元，大小也多少不同。

女：一目了然。

荒：那么，六百日元的八十个（喀嗤喀嗤）七十份。包袱皮用普通的可以吧？

男：可以可以。

荒：……包袱皮我想有七十个就够了，回礼份数多少，这个也多少。只另带蛋糕和包子回去的来宾，这里给准备纸袋。好了，往下谈照相。

女：唔。

男：够累人的了，光说都累。

荒：照相。

女：好好。

荒：集体合影是在婚礼之后，大家一起照，这是必要的。喏，这是彩色的。还有两位单独照，婚礼后的长袍和服和家徽和服的，也还是彩色的为好。另外新娘一个人……

男：新郎一个人的没有吗？

荒：也不是没有，什么人都有的嘛。那，拍几张换装后的长袖和服、家徽和服吧？

男：拍吧。

荒：新娘一个人长袖和服的呢？

女：那不要了。

荒：再次换装后的西式礼服裙和无尾晚礼服的拍不拍？

男：那也免了吧，我想。

女：我也免了好。

荒：好的。那么……集体合影一万八千日元，其他各一万五千日元，三张一套，共计六万三千日元。此外还有向父母献花项目。

男：这——，非献不可的么？

荒：不献也未尝不可。但还是献好，我们也希望献。不是价钱多少问题，而是为了向父母表示感谢……

男：噢——，那就献吧，既然别人都献。

荒：鲜花两束。另外，儿童用的花束要不要——有儿童向新郎新娘献花一项的。

男：要不要都行吧？

女：不要了。

荒：往下是新娘手持的捧花，有鲜花和人造花两种。若是鲜花，当天结束后送给朋友，人造花则自己留下，有人用来装饰洞房。

男：来鲜花好了！

荒：鲜花价格五花八门，大体在一万日元到三万日元之间。有圆形朝上的，有下垂的……

女：来个中档，两万日元左右的……

荒：好的（喀嗤喀嗤），两万日元。下面，录像如何打算呢？就是婚礼和婚宴的录像……

男：这个么……也罢，一辈子才一次，拜托您了！

荒：婚宴录像要几个小时的呢？

女：能不能适当压缩呢？

男：是——啊。

荒：噢，简明扼要也得九十分钟。再简明扼要，贺辞也少不了的，入场啦，秉烛游行啦……

男：那，照做就是。又得多少？

荒：六万日元。还有席位名牌，一位一枚，一枚一百日元，八十位，是这样的吧？再就是礼账，最便宜的二千八百日元。包括贺电册、在会场巡回用的签名纸卡，一套。

男：那么，来个三千三百日元的。

荒：好（喀嗤喀嗤）。剩下是伴娘费八千日元。也就这么多了。婚礼服除外。

男：这么多是多少呢？

荒：请稍等等。

啪嗒啪嗒（计算器声），啪嗒啪嗒啪嗒，啪嗒，啪嗒啪嗒……

荒：所谓这么多，是二百零五万二千四百六十日元。

此后节目还源源不断，不胜枚举，在此忍痛割爱。这么着，两人欢天喜地结婚了。

得得！

橡皮工厂的秘密　RABBIT

由于工作性质，我相当频繁地使用橡皮。我所使用的文具清单是这样的：

(1) 写作（自来水笔，墨水）

(2) 原稿修改（马克笔，蜻蜓牌 MONO BALL）

(3) 清样校对（铅笔，橡皮）

不过这很像是对口相声，试着分别把两个排在一起：

铅笔：喂，这里这样好了！

橡皮：不对，不是那样的。

铅笔：是吗，那倒也是。实际是这样的吧？喀嗤喀嗤。

橡皮：不是说不对的嘛，哧咻哧咻。

铅笔：你这家伙够固执的了。喏，这回如何？喀嚓喀嚓。

橡皮：大致差不多，可这里不行，唛咻唛咻。

铅笔：胡说！喀嚓喀嚓。

如此想着校对校样，就不会感到厌倦。有兴致的读者但请一试。

噢——，玩笑先开到这里。无论哪家公司的办公桌上、哪个房间的书桌上都有一两块橡皮——有也不显眼，没有就极不方便——随便扔在那里。那么橡皮是在何处、如何制作的呢？这便是这一章的主题。橡皮大概是这本书所写商品中价格最低的东西。

但是，在某种意义上，或许可以说，只有制作如此日常性低价商品的工厂才是工厂参观活动的正宗和标准对象。在这里，有必要专门提一下由简单的工序到大批量生产这种没有噱头的工厂的真实面目。人体标本啦、玉姬殿啦、CDG 服装啦有趣自是有趣，但眼睛不能总是盯在这类醒目的物件上。

橡皮：喏，那不成的，唛咻唛咻。

铅笔：知道知道，不是说我会的嘛，喀嗤喀嗤。

便是这种地地道道的橡皮工厂。

我们参观的"RABBIT 橡皮"工厂位于奈良县大和郡山市郊外大工业园区的一角。 RABBIT 光是占地面积就达三千七百坪[1]，一望无际。 RABBIT 是昭和四十年[2]从大阪把工厂迁来这里的。奈良县因为几乎没有产业（说起来这也正是奈良的优点），就做了个大托盘，把挤在大都市近郊的公司、工厂拉来。所以， RABBIT 旁边是"好侍食品"，后面是"松下电器"，这样子说有趣倒也有趣。坐车在这样的地方转上一圈，会产生莫名的感动：世上居然有这么多工厂！说理所当然也理所当然，毕竟东西铺天盖地，做这些东西的工厂也就到处都是。最近在大都市——尤其是东京——几乎见不到大工厂了，居住在那样的地方，难免一种错觉，以为人世间在很大程度上是以消费为中心运转的。这同昭和五十年代末至六十年

1　日本的土地面积单位，一坪约合 3.306 平方米。
2　1965 年。

代初农田从城市近郊消失的过程很相似。不久的将来，东京的孩子们也许会被逼到想参观工厂也参观不成的境地。

话说回来，RABBIT 是专门生产橡皮的工厂，如此生产自家品牌橡皮的大工厂听说全国有四家。此外也有几家类似玩具厂分包商那样的公司，但所谓"工厂"仅有四家。听我这么说，大概不晓得四家之数是多还是少的吧？我也不大知晓。很难估算一亿一千万日本国民一年到底消费多大数量的橡皮，需提供多大数量的橡皮，一想都头痛。所以，如果四家橡皮大厂各自运转并各有收益，那么也只能叹一声"嗨嗬"，心想就是那样的了。据说这 RABBIT 工厂一天大致生产三十五万至四十万块橡皮，往下请大家自行计算自行想象好了。

[橡皮工厂的秘密]

橡皮工厂有秘密？当然有秘密。原料混合的比例即是重要机密，技术革新更是每个厂家的生命线。因此，我们采访时动不动就被提醒这个产品名称请不要写，或被告知这个要对外界保密。提起橡皮工厂，我们脑海中浮现出来是战后民主主义气氛下的喜气洋洋

的工厂，不过把橡胶一块块适当切下罢了："好，一块！"一切简单
至极。然而事情没那么简单。人世间复杂得很。

这是我们的第一个误算。

以为实际去那里看看和听听介绍，就能一下子搞清橡皮工厂里
面的名堂，结果这想法被彻底颠覆了。加之我也好水丸君也好绿子
编辑也好，对于物理化学百分之百是外行，介绍自是听了，但越听
越是在黑暗的泥沼里陷得深：什么呀，这是？尽管如此，水丸君仍
一副不屑的神情，仿佛在说"我反正画画就行了，其他的管不了那
么多"，而我和绿子早已面无人色。

"这样子我可不明白！"

"这可如何是好啊！"（低声啜泣）

——便是如此情形。

说到底，"橡皮工厂"这一认识本身就不对头。为什么呢？因
为这家工厂生产的橡皮百分之八十五是塑料的，早已不能称之为橡
皮。准确说来，英语应为 eraser，日语乃是"字消し"。

"伤脑筋啊，都不是橡皮了！"

而且，即使大幅度压缩为百分之十五的橡皮，也只用了一点点

橡胶，其余全是合成橡胶。

"难办啊，是合成的！"

想不到橡皮中含有的橡胶量仅占百分之十左右，其余百分之九十是添加的药品。

绿：（嘤嘤啜泣）

R（RABBIT 的 R）：首先是菜籽油，就是这个。往菜籽油里加入氯化硫，使之发生连锁反应并固体化，再加以粉碎，这个占百分之五十。

春：唔——

绿：（嘤嘤啜泣）

R：就是说，将氯化硫中的硫磺和菜籽油的分子连接在一起，使分子结结实实地变成固体，粉碎后就是硫化油膏。

春：好像豆腐渣。

R：往下嘛……这是×××（机密），矿物油的一种。总之，仅这里就差不多有三十种材料，把它们搅拌混合在一起。

春：唔——

绿：（啜泣不止）

R：橡胶这东西就是这么回事。呈纤维状，把它物理性地切断，把纤维。再把纤维用硫磺连起来。和这边也这样连起来，这么连起来之后，原来的形状，比如加温一百度，就变得软糊糊的。虽然无法复原，但可以用硫磺轻易地连在一起。

春：……

R：最初仅用硫磺把橡胶分子连起来。问题是在那种情况下，即使按100：10的比例往生橡胶里加进硫磺，没两个小时也硬不了。因此要加入促进剂，就是加入加速连接作用的药物，按百分之一比例加入。此外还有碳酸钙，简单说来就是石粉。还有，黄色的是硫磺。另有氧化锌和石灰之类加入，进一步起促进作用。不加入这三样东西，硫化就不起作用。也就是说，硫化不能在二三十分钟内起作用。

春：原来如此。

嘴里说"原来如此"，但实际上并未完全理解对方的介绍。非我瞎吹，高中化学课堂上，我一直在看河出书房版的世界文学全集，根本没想到当了小说家之后要听人讲解橡皮的制作方法。

不过，还是让我振作精神，简单概括一下。为便于理解，这里概不考虑"塑料消字用品"，只研究使用合成橡胶的"橡胶消字即消字橡胶"。至此弄明白的为如下事项：

(1) 将合成橡胶、天然橡胶及其他种种添加物充分搅合在一起（具体成份是秘密）；

(2) 将其用硫磺连接起来；

(3) 可以做成消字橡胶。

至于塑料消字用品，一来制造原理根本不同，二来厂房不在一处，机器也截然有别，相当的麻烦，姑且不提。如果有人无论如何也要了解塑料消字用品，那就对不起了，只好请您自己去大和郡山市参观。

"傻瓜蛋，知其一不知其二，喀嗤喀嗤。"

　　"也罢，总比不懂装懂好，哧咻哧咻。"

　　——如此表演着单口相声，走去工厂亲眼参观。进厂前先要用金属探测器探测是否携带武器，而后穿上防放射服……这倒不至于，只是悠然自得地走进厂房里面。生产的东西温馨平和，看的人大可不必绷紧神经，这让我想起上小学时被学校领去参观的工厂，分外心旷神怡。听说，这 RABBIT 工厂也常有小学生来参观，同我相比，却是小学生更能准确把握生产的原理，让人欲哭无泪。

　　厂房光线明朗，天花板高，窗扇大，宽敞。相形之下，干活的人数量不多，给人的印象甚至有些空旷。如果你想去橡皮工厂寻求《闪电舞》[1]开头的场景，那就大错特错了。橡皮工厂没有让人透不过气的热浪，没有震耳欲聋的轰鸣声，没有"喂喂别挡着躲开躲开"那种粗暴的男人举止。情形恰恰相反：那边发出"咯噔咯噔"有气无力的声响，这边有人懒洋洋地切割着橡胶，或者任凭传送带无精打采地运转。看上去不由得叫人担心工厂会不会因为不景气而

1　美国电影。1983 年上映。

将开工量压缩到三分之一，但实际并非如此，橡皮工厂即便开足马力也是这副德性，大概属于玩命干也不显眼那一类型，让我想起高中班上也好像有几个这样的同学。

入口附近有座材料库，堆着各种各样的橡胶和化学药品，漂荡着强烈的独特气味。第一阶段就是把这些东西一股脑儿搅和在一起。

"是的，按配料表把这些材料过秤，然后投入 Banbury 搅拌机搅拌。料要按顺序投入，顺序错了就做不出来。"

Banbury 搅拌机是怎么回事我不大懂，看起来像是个燃烧炉那样的蒸汽机，粗粗大大，有一种"我就是 Banbury"的朴实无华之感，给我的印象不错，我也很想招呼说："请'梆梆'加油干！"……

……

总之，用这 Banbury 搅拌机搅拌好黏和好——这个阶段明白了吧？其次把黏和好的东西放在"双滚筒"机器上，简而言之就是从两个滚筒之间挤出变薄的橡胶板，和过去没有脱水装置的洗衣机带一个手动旋转式的甩干筒是同一原理。

"用 Banbury 搅拌机搅黏后的原料有变得黏稠的部分和没变得

黏稠的部分，就一块块投入滚筒弄均匀，压成片状卷起，使之大小合适，以便下一工序容易进行。"

双滚筒的出口有一位单手拿刀的老伯，把出来的橡胶板适当切割开来，像卷地毯一样团团卷起。动作麻利得很，看着都开心。面对这种能看明白的作业，作为我也感到十分放松。

"那东西嘛，有七十度左右的热度，夏天相当烤人的。"

这么着，黏稠物变成了薄板。这里也明白了吧？薄片在此暂且歇息，就那样放一整天，自然放置，使其变得匀称。不过还没完，还要再次用搅拌滚筒搅黏——橡胶也真够受的，被搅和得一塌糊涂，又抻又拉，刚喘过一口气，又被搅得天晕地转。之后，被放到名叫"分出机"的机器上，转换成厚度适合作橡皮的长方形年糕状的薄板。本来有更详细的解说，但我也不懂，在此省略。反正，第一阶段"将原料搅黏搅稠"至此顺利结束。打个离奇的比方，好比把女孩灌醉领进宾馆，弄到床上熄灯——便是到了这个地步。化学不好的人还差一步，加油！

（复习）

（a）　Banbury 搅拌机（搅黏）

(b) 双滚筒（抻拉）

(c) 搅拌滚筒（再次搅黏）

(d) 分出机（整形）

至此可以了吧？不过够累的，这东西。

其次，第二阶段——转入"硫化"工序。

从分出机分出的长方形年糕状橡胶板，进入到像制作西方糕点用的扁平金属铸模，静止不动。硬度也同刚刚打出的年糕差不多，鼓鼓囊囊软乎乎的，甚至觉得可以蘸上萝卜泥什么的美美吃一顿。实际上当然没有香味，作为橡皮过于柔软也派不上用场，所以要把它适当弄硬，这就是硫化的任务。浅显地说（一说得浅显就入俗是我的文章的一个毛病）变硬即可，便是这个阶段。

那么，具体怎么使之变硬呢？做法是，把橡胶片投入名叫硫化炉的机器中，盖紧盖子，把蒸汽对准模具间接加热，这叫压缩硫化。

春：加蒸汽就可以了？

R：嗯，是的。因为硫磺在配料阶段已经加进去了，所以只要加热，就会以三维结构变硬。温度因料而异，但一般在一百三十度到一百五十度之间。这样，咯，就硬成这个样子了，原本软乎乎的东西。

春：的确。

补充一点：

同（1）分出→压缩硫化这一工序平行的，还有（2）压出→直接硫化这一工序，但为了按惯例说得简明扼要，决定省略。笼统说来，（1）是制作普通橡皮的工序，（2）是制作特殊形状橡皮的工序——这样理解即可。

说起硫化炉，也许有人想象成某种神乎其神的装置，其实这东西也就是个五档压缩机，样子也较纯朴，完全平庸无奇，发出的"噗噗"声同炸油豆腐差不许多。不过，这机器一天能生产两三千盒 60cm×60cm 的橡皮板，有用得很，千万不可貌相。细节乃是机密，不可泄露。不过，一眼看去真像是炸油豆腐的劳什子。

硫化后的橡胶板由传送带送走，过水冷却。

春：程序和制作拍松鲣鱼一样喽？那么，橡皮基本算是大功告成了？

R：不，往下还有"养生"阶段。

春："养生"？

R：是，"养生"。总之，需要一晚就一晚，一晚上让它老老实实躺着不动，不然橡胶是老实不下来的。冷却、养生，一丝不苟。

这种感觉，即使是我这样长着一颗非科学脑袋瓜的人也能把握。对橡皮来说，今天一天也是"折腾的一天"。搅来拌去，抻来拉去，一百五十度蒸汽蒸，放到水里浸，彻底筋疲力尽。所以，即使它们提出"我们可要睡了，往后的事顾不得了"而蒙头大睡，又有谁能够指责呢？工厂的角落里，这种"往后的事顾不得了"的橡胶板正蜷起身子贪婪地受用着最后的睡眠。其中说不定混杂着一两张不咸不淡说怪话的："我嘛，骨髓里的热气还没散掉，睡不着哟！"不过橡皮的心情我也说不大清楚，反正它们就那样堆在那里。

那也就罢了，就让它们在那里睡好了。接着我们参观"养生"已毕、即已经"好好睡过了"的橡胶需要经过的最后一道工序。

春：就是说把橡胶板切成小块喽？

R：正是。现在您看到的是"消砂"（分成墨水用和铅笔用两种颜色），首先用机器那样斜切下去，再用砂轮机前后打磨，使之同样薄厚，然后用这机器自动裁切成小块。接下去在这边把形状过小的和变形的筛选出来。

春：筛下的可真够多的。

R：接缝那里也是如此。所以，如果不弄碎一点点回收的话，成本就太高了。

好了，下面是切角。如字面所示，这道工序就是把裁切后出现的尖尖的直角一个个切掉。我个人把这架机器命名为"也好也好老伯机"。"也好也好，你们的心情不是不能理解，但这里还是这么圆圆地收敛点儿可好？嗯，怎么样？"——便是这样圆圆地收敛成笠智众[1]的风格。年轻气盛的橡皮也都言听计从："既然老伯那么说了，也好也好。"如此这般，也算是功德之举。

1　日本电影演员（1904—1993）。

"也好也好老伯机"极其简单，总之把橡皮扔进去骨碌碌旋转即可。骨碌碌旋转的时间里，橡皮们咣咣唧唧撞在四周墙壁上，棱角自然不翼而飞。好主意！

春：主意真妙！

R：啊，同河滩的石子被冲往下游时变圆是同一原理。

春：旋转多少分钟？

R：有的要转上五个小时。这架机器四周围着铁丝网，前面那架围的是木板，撞磨方式有很大不同。擦墨水用的橡皮很硬，不用硬铁丝网不行。擦铅笔用的软一些，就改用木板。

像我这样的，恐怕必须投到四周是铁丝网的机器里才行，我觉得。旋转五个小时再出来，棱角就给磨平了。就像《笑一笑又何妨！》[1]里面那样，"哇"一声万事皆休。

如此这般，从"也好也好老伯机"中出来后基本变为成品的橡

1　日本富士电视台的搞笑节目。

皮被送往另一栋加工厂房，在那里印上商标，用玻璃纸包起来，装进箱子。

　　春：这东西要一个个用玻璃纸包起来？

　　R：啊，我认为是过剩包装，问题是小孩子老在店里摸来摸去。东西一旦脏了，就失去了商品的价值——也有防备的意味。

　　春：不过这一路看下来，橡胶很少，几乎都是塑料制品。

　　R：是很少，国内已经几乎不卖橡胶的。这里排列的橡胶用印刷机，最好的时候有一架开动，有时候几乎根本不动。相反，塑料那里是天天满负荷。

　　虽然荣枯盛衰是世间常理，但这悄无声息的"橡胶消字"用的印刷机到底显得有些凄惨。我们看的"橡胶消字"厂房，气派也较另一栋"塑料消字"厂房差了一成。"橡胶消字"务请加油……话是这么说，可我家里用的也是"塑料消字"。

　　说起荣枯盛衰，流行一时的变形玩偶橡皮也到底冷清下来了，传统形状的东西重新成为主流。由于 RABBIT 公司的方针是概不涉足变形物，而一贯坚持正统派路线，所以基本没有因时尚的改变而受到损害。所谓正统派路线，即：（1）不做奇形怪状的橡皮，（2）气味不使之过度，（3）气味和形状不使之同食品相似。我认为很有道理，应该这样。若有状似香蕉并带有香味儿的橡皮，小孩子肯定又啃又咬。别说小孩子，就连我都要啃咬一番。

因此，"RABBIT"产品宣传册上只有中规中矩的商品。尽管如此，较之面向国内的，出口用的宣传册上的商品朴素得多，也吸引人得多，看了（也许是年龄的关系）蓦然涌起一股乡愁：这才是橡皮啊！尤其在美国，人家是连同教科书免费发给孩子的，所以无论如何都需要朴素耐用。

我最中意的是面向东南亚出口的"英文字母橡皮"，虽是"塑料消字"，但图案古色古香，十分惹人怜爱。例如，A 上面画的是飞艇，Z 画的是斑马，按字母的数量成一整套。即使在日本卖也可能大受欢迎，我想。

……便是这样，我以穷追猛打的决心看完了橡皮形成的整个过程。不过参观完工厂，我最先感慨的是（如开头所说），世界正朝着我们渐渐无法理解的方向行进。就连橡皮这种消费者几乎不留意的、乍看上去很简单的产品，其制造工序也在几年时间里完成了戏剧性的转换，机器更换了好几代，甚至"橡皮"也已变得有名无实。而且，这样的潮流以后也将长久持续下去。日元慢性升值给橡皮出口带来了相当沉重的打击，作为合理化生产的一环，工厂也在致力于采用大规模集成电路新系统。不久的将来，说不定这橡皮工厂也化为我全然不能理解其构造的黑匣子，到那时候，"工厂参观"一词本身彻底消失都有可能。

　　幸运的是，在1985年5月的这个阶段，我还可以理解橡皮生产的大致流程，理解国内几乎不消费的、落后于时代的"橡胶消字"形成的原理……读者诸君，你们可理解了？

经济动物们的午后　小岩井农场

　　呃——，气候也差不多变好了（时值6月初），去一家牧场看看牛奶怎么形成的如何？可以啊！于是，我们优哉游哉地来到位于岩手县盛冈市郊外的小岩井农场。理所当然，世上具有和我们同样念头的人比比皆是，农场方面在接待参观者方面也相当得心应手。

　　向"小岩井乳业"的东京总部提出采访申请后，对方说"去之前请先看看这个东西，好把握个大概"，说罢递过两盘录像带和两本书。一本书是《绿色牧场之歌——小岩井农场故事》（小学馆[1]非小说类童话·小学低年级适用），另一本是《小学生·社会科参观系列⑥·牧场的劳作》（白杨社）。白杨社的书的最后还附有"各学年参观要点"一览表，这个甚是有趣。例如：

● 水田和旱田的劳作（二年级）

● 牧场是利用怎样的地形、怎样的气候经营的？

● 牧场出产的东西是以怎样的方法送去哪里的？

此外，就连怎样提问合适都写得详详细细。"不许用糕点喂牛"这样的注意事项也写在上面。唔，言之有理，我边看边不由得点头称是。工厂转了几家，而事先给这么多资料的却是少见。

原本我打算不看这样的资料，直奔现场从头开始问起："哎，这是什么？"但这回来个例外，准备在参观前就"小岩井农场的由来"和大家一起总结一下。偶尔有这样一次也未尝不可，对吧？

［小岩井农场的由来］

小岩井农场是明治二十四年（1891）由当时的日本铁道会社副社长小野义真、三菱的当家人岩崎弥之助、铁道局长井上胜三人创办的，所以从三人名字中各取一字，命名为小岩井农场。其实井小

---

1 日本的出版社。下面的"白杨社"也是出版社名。

岩农场、岩小井农场应该都没问题，何以成了小岩井，我也不明白，或许是年龄顺序，也可能仅仅是因为叫起来音节悦耳。

就顺序而言，井上来盛冈铺铁路时看见广阔的平原，冒出了在此创办真正西洋风格牧场的念头，同小野商量，小野说那么请三菱的岩崎出钱好了。岩崎听了两人的想法，一边给庭院里的鲤鱼投饵，一边应道那好，钱包在我身上了。农场就这么经营起来了。这在日本是头一遭，发展很不顺利，赤字连连，最后由岩崎家独家经营。这是明治三十一年（1898）的事。

后来牛的头数增加了，经营走上轨道，昭和十三年（1938）成为"小岩井农牧株式会社"。"自那以来，我国惟一的股份制综合农场经营一直在世人刮目相看当中顺利发展，直至今日"（公司资料）。可喜可贺。

总面积二千六百公顷（这么说恐怕很难想象，据说相当于山手线内侧的面积），其中七百公顷是农用地，其余为山林。如今公司一分为二，一是"小岩井农牧"，一是"小岩井乳业"。农牧方面的员工约一百七十人。农场里面还有 SL 旅馆，可以一家老小前来领略绿色的农场风光，地方十分不错。

　　有生以来第一次乘东北新干线列车在盛冈下来。东北新干线好的地方是车站盒饭够味儿，不好的地方是风景单调至极。香菇盒饭相当可口。水丸君，喏，盒饭，别老躺着，吃饭了，吧唧吧唧。困死了，昨晚没睡好。这可是盒饭哟，喏。如此一来二去，转眼到了盛冈。

　　乘出租车沿雫石川而上，三十分钟到达农场。农场中有县道穿过，也够威风的。路两侧牧草地铺陈开去，牛群羊群点点闪入眼帘。过去在千叶县船桥市住的时候，附近有五百坪左右的牧场（较之牧场，感觉上更像是牛栏，那玩意儿），里面的十来头牛总是气鼓鼓地东倒西歪。相比之下，这里到底舒展，不愧为日本第一。空气也可口，四下静悄悄的，只有树丛间时而传来鸟鸣。

　　我们把行李放在牧场的别墅式旅馆房间稍事休息，然后由小岩井农场酩农部的菊池先生带领参观农场。前面也说了，农场大得不得了，设施与设施之间通有汽车，道路极有档次。

　　——牧场里有这么宽的路，好厉害啊！

　　菊池：嗯，成了飙车族聚集的地方。毕竟是县道，谁想进都能进来。是收费公路，来时有收费站的吧？钱进了县里，农场进不来。深夜里收费站没人，可不得了。

——牛也受影响的吧？

菊池：还好，还没跑到这里。几年前有人要进游园地带，我们拉了铁链，结果有人挂在铁链上没命了。

——《疯狂的麦克斯》[1]的世界啊！放出两三头公牛，让牛值班如何？

菊池：……（有气无力地一笑，仿佛在说"这两个来访者到底说的什么呀"）近来自动售货机被接连搞得乱七八糟，到底不安全啊！

——没人半夜偷牛吗？

菊池：那倒没有（怎么会有呢？那种事！）。

牛犊舍

喜欢法国菜的人，想必常在菜谱上看见小牛二字，小牛指的是小牛犊。刚生下的小牛马上被人从母牛身旁取走，像"雾都孤儿"

1　Mad Max，1979 年在美国上映动作电影。

那样被一起扔进牛犊舍里养大。这里的牛都是荷斯坦奶牛。荷斯坦奶牛是用来挤奶的，只留母牛，但出生后两个月里，公牛也在这里用奶喂养。每年从公牛里挑选两三头做候补种牛，其余在五六个月时阉掉，长到二十个月作为肉牛处理掉。那时处理的牛总的说来是高档牛肉，做牛排什么的食用，蛮严格的。

建筑物是木结构旧房，天花板高得出奇，有一般建筑物三层高，像飞机库那样是横向的，细细长长，石棉瓦房顶开有采光用的凸窗和通风口。旁边是两座格调不俗的砖瓦仓库。

——小牛一生下来就和母亲隔离开来？

菊池：嗯。以前曾让它跟母亲过一个星期。这是因为，由于成分的关系，产后一星期左右的牛的初乳不能够卖，所以允许一个星期。但后来发生了不少事故，加上作业不方便，如今一生下来就马上分开。吃奶是人工喂奶，就这么喂，用挤出来的牛奶。

进入牛舍，通道两侧齐刷刷排列着小牛，全都以严肃的神情闭着嘴咀嚼青草。我看了心里不免嘀咕：那东西果真有那么好吃不成？但小牛们吃得甚为投入，像是在表示"好吃、好吃"。说是小牛，可到了吃青草的程度，个头也已相当不小，没多少"小孩"感觉，以人来说，相当于初中生、高中生。它们疑心重重地看着我，眼神像是在说：喂，老伯！人家吃东西呢！别那么眼盯盯看着好不好？这种"食草"小牛是在栏里站成一排，更小的小牛们则一头头关在圈里，吃桶里的母乳和特殊饮料。还有的刚生下来，在草铺上歪着。每头小牛头上都挂有一枚名牌。

——那大概类似于户口吧？

菊池：嗯，是的。系统——也就是父母名字是牛这点是很清楚的，把它登录下来。有登录名字的协会。申请名字的时候，会有登录编号送过来。

——每一头都取名字，这活计很不容易的吧？呃——，这个是"Koiwai King Popular Flora"……名字够长的了。不能简洁些吗？比如中曾根康弘什么的？

菊池：倒也未尝不可，问题是那要出现很多相同的名字。

我们这里光母牛一年就生二百多头。

——结果，就把父母名字连在一起，都成了即物性名字。这"Koiwai Barb Pansy Finland"，就是说父亲叫"Pacific Barb"，母亲是"Koiwai Pansy Finland Bell"喽？这86—23呢？

菊池：那是我们这里编的序号，管理上的编号。

——生日为1986年2月10日，才四个月嘛。

菊池：嗯。牛的"成人"年龄是十六、十七、十八个月，还早呢。

——名牌下端有"能力指数"一项，数字倒还没写。这什么意思呢？

菊池：是指产奶量。就牛来说，三百零五天是做正式记录的基准。这样，一头牛的数字就出来了：有的挤奶八千公斤，有的九千公斤。还有乳脂率，指脂肪是浓还是淡。这个数字或是3.5或是4。例如九千公斤的3.5，可采乳脂量即是二百七十公斤。再乘以系数，能力指数就出来了，用这个数字对牛与牛加以比较。

——和人的误差值差不多。牛到死都带着这名牌和能力指数？

　　菊池：不错。换了牛舍，这名牌也寸步不离。

　　这里的牛的存在价值可以归结为一点，那就是一年能产多少公斤浓度高的奶。不用说，也仅仅凭这一点对每头牛予以评价，至于性格如何啦容貌如何啦艺术才华如何啦，根本不是评价的对象。举例说，就算有一头牛对自己的能力指数心怀不满，走到饲养员老伯那里说："嗳老伯，我的乳汁可能不怎么出类拔萃，但我在朋友中的评价简直好上天了，深受信赖。"老伯也只当耳旁风，应道："噢，是吗。"如果某头牛的能力指数为 192，那么该牛再打滚努力也是 192 的牛，此外什么也不是。

　　斑纹一如牛的指纹，具有识别牛的 ID[1] 式效果。荷斯坦奶牛每头的斑纹都不同，作为管理方自是乐不可支，但全黑的日本牛（和牛）却根本做不到这点。如此做法多少让人对牛感到不忍，我就因此胡思乱想：若是我，一定用马克笔修改，或其他什么三下两下改

_____

　　1　身份识别号码。

涂斑纹，然后逃之夭夭。但牛们当然没有如此智慧。

小牛们先喂三四天初乳，接下去喂四十来天人工奶，然后吃干草等混合饲养，到十六个月左右时结束小牛时代，开始配种。

母牛模拟台

说母牛模拟台也许不明白怎么回事吧？说得痛快点儿，就是牛的代用夫人（Dutch wife），用来让公牛射精，采集精液。也就是假母牛。

在仿佛让-皮埃尔·梅尔比尔[1]的电影中出现的色调昏暗、天棚高悬、空空荡荡的屋子正中，放着一架母牛模拟台。乍看像是体操器械或拷问刑具，包着皮，再蒙着一张活生生的带毛牛皮，可以摇动手柄控制高低和角度，还带有液压传动弹簧装置。台四周的地面上到处是黑乎乎让人不快的污渍。这就是假母牛的全貌。

不过，如果在毫无预备知识的情况下被领进这间屋子，看见这个台，问这是什么，一般人怕是全然摸不着头脑。一眼就看出这

1　法国电影导演（Jean-Pierre Melville，1917—1973）。

是假母牛的人，想必是具有相当另类的想象力的人。至少应在前方挂一个嬉皮笑脸的母牛脑袋，或正面墙壁上贴一张全裸母牛照（可细想之下，牛这东西本来就是全裸的），那样，我也没准猜得出来。而这个样子，我全然揣度不出。公牛莫非真能来情绪不成？果真动情的话，那么牛的想象力就是或者异乎寻常，或者压根没有。

——公牛能对这东西来情绪吗？

菊池：那是要大致调教一下的。若仍无动于衷，有时也用真牛——叫作"台牛"——例如放一头肉牛什么的，从中采集精液，但一般都用这个台子。让牛爬上去，从旁边像刀入鞘那样把人工阴道对上去。喏，这就是人工阴道。把采精管放到这里面采集，之后稀释冰冻。往人工阴道里注入热水来调节温度。

——牛肌——可以这么说吗（笑）——做工很精细的嘛！一回出来多少 CC 呢？

菊池：这个么……不少，有 10CC 左右。稀释以后，每次使用大约 0.5CC。所以，采一回可以用一二百次。

放置母牛模拟台即假母牛的采精室的墙上，贴着台的使用方法解说图。图上，眼睛眯缝的公牛的确直起后肢稳稳地趴在台上，前肢挟着台的两侧，一个劲儿喘气。牛已被调教得认为这就是真正的交配，所以也没有太大的不满，倒也自得其乐。但从旁边看来，未尝不觉得其人生方式相当荒诞。提起种牛，我本来想象它每天都气壮如牛地和不同的母牛做爱，傍晚像谷冈安治[1]的牛那样道一声："今天干得很来劲啊。"一边擦汗一边返回牛舍——想象的确很优雅，然而现实这东西到底不是好玩的。

种牛舍

离开采精室没走几步，有一座总好像格外寂静的木结构旧建筑，这是种牛集中的种牛舍。往里窥看，坚不可摧的铁栅栏里边各有一头公牛，共有四头，都不声不响，目光炯炯。从快乐的小牛牛舍来到这里，感觉上整个是另一世界。栅栏前有位老伯，以俨然自由民主党干事长的架势守在那里。此人姓田沼，是种牛舍管理员，

---

1 日本漫画家（1942—1999）。

独自照料着种牛。种牛脾气暴躁，体重有一千五百公斤之多（母牛一般为六百到七百公斤），必须由同一个人像动物园猛兽饲养员那样形影不离地照料它们，否则危险很大。

的确，种牛们一看都气势不凡。以职业棒球来说，感觉就像江夏、川藤、韦尔斯和桑切斯[1]一起上阵。不是吗，假如江夏和川藤和韦尔斯和桑切斯同时袭来（仅前两人倒也罢了），腿是要发抖的吧？同一回事。虽然我一向认为《卡门》中出现的斗牛士埃斯卡米里奥是个讨厌的家伙，但实际面对如此凶猛的动物，不由得对经常同它们格斗的埃斯卡米里奥肃然起敬。

——噢，这么看来，公牛们对人像是怀有反感……

田沼：那是有的，肯定有。即使照料它们，有空子时也肯定袭来。它们总是念念不忘，心想若是"砰"一声顶一下子，人很可能吃不消。所以一旦有空子……眼睛和眼睛对不上，保准冲过来。眼睛和眼睛对上，那不会的。因此，鼻环上都拴着

---

1 均为当时的日本职业棒球队的主力队员。

这个（绳子）。鼻子是牛的弱点，冲过来时只要猛然一拉绳子，全身就麻痹了，冲不过来。牛对这点也一清二楚，所以眼睛和眼睛相对时绝不乱冲。也是这样调教的……

——神经可够紧张的了，眼睛稍一离开，就冲过来了。

田沼：那是那是。白眼珠充血了，说明发怒了。亢奋时白眼珠就充血的，那是不耐烦的证据。这么清清白白的时候是不怕的，如现在这样。但"砰"的拍一下，马上大发雷霆，说急性子也好，反正好发脾气。可话又说回来，没这么大脾气的老实牛是不宜留种的，还是脾气大的牛好。和其他牛在一起，就一直格斗到有一方叫一声为止。牛一叫，格斗即告结束——叫是求饶的表示。

——那，就那么默默格斗下去？够吓人的。

田沼：咔嚓咔嚓、咔嚓咔嚓……用犄角往对方侧腹啦睾丸啦等软地方顶。群斗的时候，是因为对方是自己的情敌，强者才能成为首领，才能把母牛搞到手。所以公牛从小就要接受格斗训练。

——牛冲过来的时候您怎么对待呢？

田沼：在那种情况下，牛用鼻子猛地一捅，人就要倒的吧？接下去，牛弯下前肢来搞，那是它们的"格斗术"。用角挑着倒地的对手走动。我就被挑起来走过，好在走到了栅栏后头，捡了条命。我么，已经做了二十年了，被顶了两回，肋骨都折了四根。还是要有这种经历才行，不然是干不了这行的。干这行的人，基本都被顶过。虽然我这么照料它们，但它们仍然恩将仇报……总之念念不忘，不忘迟早要把人干掉，这些家伙。

——为什么不把角除掉呢？不是有角才危险的吗？

田沼：有角有时危险，有时反而有好处。即使除了角，也是一样顶人。被顶倒的时候，有角便用角挑着走，而若没有，就要狠狠顶下去，内脏全部报销，"咕哧"一下子，一塌糊涂。还是有角被顶的时候有缓冲时间。而且打针的时候有角也好办，能用角固定。

——什么情况下最危险呢？

田沼：每天放出去运动一次。做牵拉运动时有危险，另外早上拴在栏里时也会发生事故。只是，牛也不是忽一下子冲上来的，说白了是人没觉察到（那种前兆），因为牛是刨一两次前蹄静静站稳，然后才一跃上前，人是没觉察到才给顶到的。突如其来的时候是没有的，肯定是先后退，刨蹄退两三步。

——人被紧追不放，怎么逃跑？

田沼：逃也没用，牛跑得快。跑得再快的人，五十米以内也跑不过牛，一百米倒是人快，所以尽量别刺激它。

——唔。种牛的寿命是多少呢？

菊池：也就到十来岁吧。躯体迅速变大，腿跟不上，牛体大腿小，腿无论如何都要出故障。刚才您也看见了，采精时必须用两条腿站立。这样一来肯定出问题，超过 10 岁，无论如何都支撑不住。要在那之前采够精液，冷冻贮存起来。冷冻精液用的是液态氮，用这个可以半永久性保存下去。因此，如今已不必到 10 岁了，只要能采就采足贮存起来。高峰期是 5 岁到七八岁之间，从体形上看也是壮牛。5 岁体形正好。作为种牛，它的成绩要等"女儿"成绩出来后才能评定——依据其"女儿"乳汁多少的成绩来决定今后使不使用。

——成绩欠佳就一脚踢开？

田沼："女儿"出奶不好的牛，五六岁就处理了。长的也只能留到 10 岁左右, 刚才也说了……（※在这一阶段处理的牛不能做牛排, 只能加工做汉堡包和猫食什么, 可谓穷途末路。）

——一星期干几次呢, 种牛?

菊池: 一星期两次的频率。个体差异倒也是不小的。

至于一星期射精两次对于成年牛是多大负担, 我全然忖度不出（无此可能）, 但听介绍, 觉得种牛世界也太酷烈了。几乎所有的公牛一生下来就被作为肉牛处理掉, 而侥幸活下来的精英候补种牛也因为成绩稍差一点儿而即刻惨遭厄运, 沦为猫食之类。甚至跨越难关的超级精英也在活到 10 岁时同样有"处理"这一命运等在那里。 T·S·盖普[1]断言"人生是不治之症", 这也完全适用于牛的一生。颇有些像《斯巴达克思》的世道。

挤奶牛舍

好了, 终于轮到这家农场的主项奶牛舍了。如字面所示, 这里

---

1 美国作家约翰·欧文的长篇小说《盖普眼中的世界》中的主人公。

齐刷刷一排母牛都是产奶挤奶的。虽说挤奶，但并不像过去那样由人一把把撸着挤，而全部用机械进行。牛的乳头被安上叫作挤奶机的类似听诊器软管那样的东西，由它像吸奶一样挤取。挤取的奶通过头上的管道送往冷冻机，在此冷却到摄氏 4 度。一切都是系统化的。挤奶机在一头母牛身上挤一次奶大约需时五分钟。一天挤两次，清晨 5 点和下午 5 点。

从种牛舍来到产奶牛舍，里面的母牛们看上去温顺得难以置信。母牛们隔着通道，屁股对屁股一动不动地站着，静等依序挤奶。也有的挤完了奶，放心似的趴在地板上。牛舍中安静得不得了，惟有挤奶机的作业声如通奏低音一般四下回荡。母牛们悄无声息，仿佛说我们什么都想通了。发酵的浓缩混合饲料的气味直冲鼻孔。

———— 一头牛能产多少 CC 呢？

菊池：现在平均一次十四五公斤，一天二十七公斤左右，每头平均。就奶牛来说，同年轻的相比，还是适当产过仔的出奶多些。一般产四五仔为高峰。也有的产七八仔仍然出奶很旺。不过总体上产四五仔时出奶量最高。

——说起母牛出奶寿命，那是多少呢？

菊池：同样是 10 岁上下（和种牛一样）。我们这里最长的产仔十四五次仍然出奶，即使年年产仔也有十七八岁了。不过，毕竟是**经济动物**，如今平均产仔五六次，过了高峰期的牛就被淘汰了。因是**经济动物**，没有享尽天寿之说（※这里淘汰的母牛同样做加工肉）。

——倒也是啊，**经济动物**这个说法有说服力。对了，牛的奶头有四个，而一般只产仔一头，那是怎么回事呢？

菊池：想必也是人加以改良的结果，原本怕是更多的。但四个效率最高，应该是这么改良过的——反复淘汰进行改良。

——为了多出奶而不断淘汰，使身体变大，而四肢——刚才也说了——却因此多少变弱了，是这样的？

菊池：这个嘛，说起来是最大的缺点，或最要注意的地方。这种动物，若是野生的，要自己用腿到处走动找食吃。因此，这么关在小屋里喂养，一旦腿或蹄子受伤，食欲就没了。食欲没了，奶当然也出不来，这是本能。若是在野外走动弄伤了腿，就找不到吃的，当然会衰弱下去。这么关在舍里，再怎么给它

投食饲养，如果伤了腿，奶量也还是要减少。反过来，如果不
出奶，心想奇怪呀，一看，原来腿出了毛病。

——牛对挤奶是怎么感觉的呢？

菊池：毕竟是人按自己的需要让牛涨奶，不是牛要哺育
"婴儿"，涨奶状态该是痛苦的。所以，给人挤奶自然觉得舒服。
在这个意义上，牛是希望早挤才好。这间牛舍是这么把牛连在
一起，是放牧时候的格局，但一到挤奶时间，牛就自动凑上来，
希望给自己挤。

——母牛也有长得好、长得不好的么？

菊池：有的。牛也有它的长相问题，同样的。例如这头吧
（指着身旁一头脸形和研直子[1] 相似的母牛），就不怎么样，从
长相看。倒是逗人喜爱，多多少少。可尾巴这么圆圆秃秃
的……若是肉牛倒也罢了。而奶牛还是尖尖的好……

产奶牛舍里的牛们被置于彻头彻尾的管理体制之下。牛们

1　日本歌手（1953—　）。

戴一个名叫 stanchion 的上下细长的项圈，圈上挂一个称作 Cow Trainer 的锯齿状金属块，金属块通有 100 伏电流，牛一弓背，电流就"吱"一下子从牛体通过。为什么这样做呢？这是因为，牛这东西有个毛病，大小便的时候天生要弓起脊背，那一来，排泄物就不能好好掉到沟里，清扫起来麻烦，于是用这 Cow Trainer 训练牛，不让它弓背。当然，没有牛横眉怒目抗议说小便也不让人家随心所欲！

还有，被挤奶的牛们，后蹄戴一个名叫"Subteal"的橡胶圈那样的东西，以防不小心自己用蹄蹭了自己的乳头。人世间的器具真是五花八门。

如此看过，我算是彻底把握了现场人员将牛称为"经济动物"的感觉。对他们来说——或者对人世来说——荷斯坦牛是为了有效产奶这一目的（经济行为）而存在的，倘若在实现这一目的上出现了阴影，牛就要被**处理**掉。这点和人类的工薪职员稍有不同，就人来说，纵使失去经济效益到了退休年龄，也大体有退职金和退休金可拿，可以悠悠然打发余生，牛却没有所谓余生这玩意儿，体力稍微不支就会一枪毙命，沦为罐头牛肉或猫食牛肉。在城里居住的人往往怀有"绿色牧场"这一田园牧歌式的意象，然而归根结底，牧场同样不过是依据投入和回收资本这个原理运营着的一个经济体罢了，牛在那里仅仅是在发挥原料利用。如果不再把它看作"原料"，那么原理本身就要发生动摇。

当然，在牧场这个"绿色经济战场"上奋战的不单单是牛们，对于在那里劳作的人们来说也同样是你死我活的战场，仅仅可怜被处理的牛恐怕也是片面的。因为，日本的奶酪畜牧业这一产业本身已落入严重的困境。一句话，牛奶过剩。卖不出去，再鼓励生产也没有用。

现在日本人消费的奶制品，据说用国产奶可以满足需求，但实际上有六成被进口奶制品占有，可想而知，国产奶的过剩非同一般。由于饮食生活的变化等种种情况，奶制品的消费量已越过顶点。而由于贸易不平衡的关系，原价低的外国产品又蜂拥而入——眼下这个行业基本找不见令人欢欣鼓舞的话题。

事到如今，结果已昭然若揭。由政府主导的制造业产业调整的推进，使得中小奶酪畜牧业者面临自然淘汰，一如稻米生产的情况。在日本，奶酪畜牧业者这一经济动物也将逐渐失去其有效性——这么说我想并不过分。曾由国家作为 Post（后）稻米生产推进的奶酪畜牧业，正在同一国家降下帷幕。我写《寻羊冒险记》那部小说时也去现场采访了养羊场，在那里想道：日本的农业政策在传统上就有通过抛弃弱者而打开局面的倾向。国家的政策忽左忽右摇摆不定，跟不上的弱小农家自然每况愈下。这种弱者的沦落在结果上促进了农业的合理化。

就小岩井农场而言，虽然奶酪畜牧业者出现赤字，但最终可以通过养鸡和山林观光等其他部门的收入来填补亏损，而仅有五六十头奶牛那样的小规模奶场，事态恐怕就严重得多了。

这次采访，来的路上轻松自在，来到以后却让人想了许许多多。

缝制作为思想的西服的人们　CDG

神明也好我周围的人也好老婆也好，没有人不知道我这人对服装不甚在意。夏天 T 恤加短裤，春秋天是李维斯牛仔裤加卫衣或毛衣，到了冬天外面套一件皮夹克（在旧金山买的，便宜得要死）或普莱诗（J. Press）的粗呢大衣。鞋是耐克慢跑鞋。至于西装衬衣领带之类，只是极偶尔穿用一次，因此买的是基本没有时尚变化的"布克兄弟"和"Paul Stuart"。皮鞋大体分别有一双褐色和黑色的 Regal 牌 Wing Tip 皮鞋，这也如同被废弃的核动力艇一般在鞋柜里昏睡不醒。这便是我的基本装备。

或许你心里要问：弄不好，这套基本全套行头的款式自 1970 年以来可能一成未变吧？正确，完全正确。毫无变化。当然细小变化是有的，匡威轻便运动鞋变成了耐克慢跑鞋， VAN 夹克换成了

"Paul Stuart"……但大体上依然故我。近十五年来，各种时装款式以电影院动作片的片花广告一般的速度忽而涌现忽而消失，而我在此期间就像北方森林里的大角鹿一样全然同进化无缘。 1970 年我的基本行头同 1986 年我的基本行头之间，其差别无非"正义兄弟"（The Righteous Brothers）同"霍尔与奥兹"（Hall & Oates）那样的差别罢了——请您这样认为好了。

若问我为什么这么保守，我也回答不好，因为我决没有什么积极、保守的念头。准确说来，我只是随便按一下 PAUSE（暂停）键——觉得"这里差不多了"——并非逆潮流而生活。按照节拍不断换穿流行服装是相当费神经的活计（当然也费钱），相比之下，我还是对肉体层面的自我管理更感兴趣，如做运动或考虑吃什么等等。不过这也终究是个人好恶问题，不是说哪个正确哪个更好。有人通过哲学管理自己，有人则通过着装管理自己——纯属别人的问题。

我不穿最新潮衣服的另一个理由，在于常去国外旅行。若去大都会的 High Society（上流社会）自是另当别论，而在外国普通城镇，普通行走的人的服装，同日本相比则随意得多。即使旧衣服和号码差一号的衣服，大家也照穿不误，仿佛在说没闲工夫理会那玩

意儿，而那看上去又好像别具风采——说来不可思议，我是在外国
第一次认识到这点的。我这人外出旅行时也算是尽可能穿皱巴巴衣
服的人，尽管如此，到了当地一看，感觉上还是比周围人穿得中规
中矩，心里很不安然。相反，返回日本后的一段时间里，又觉得周
围人全都穿得过于像模像样一丝不苟。如此反来复去之间，不知不
觉被拉进了"怎么都无所谓"的森林之中。

不过，这当然也是个人好恶的问题。生来喜好赶时髦的人——
无论理由如何——身体自然而然朝时髦方向转去，而我这样的人迟
早会被"怎么都无所谓"森林拉入其中，在那里一边怡然自得地吃
着树上"非进化"的美味果实一边衰老下去。

以上说了好一阵子"非进化"这一侧面，下面想就"进化"侧
面说几句。服装中的进化指的什么呢？

［例证］

"巴黎有我们（CDG）一家公司，总经理是法国女士——
在法国，不由法国人出任总经理就不能开公司——过去她在类
型截然不同的高级服装定制系的公司工作，总是身穿一道皱纹

也没有的笔挺的衣服，每天都去美容院。但在换穿我们公司的衣服之后，大概是受到了各种感化，竟把过去的衣服一股脑儿扔得一干二净，生活也整个发生了变化。我们公司的衣服属Natural（自然）类型，说得夸张些，若生活方式是Natural的，那么大概自然而然就不化妆了，也和刻意突出自己的服装、居室一刀两断。这种情形还是有的。"（CDG宣传广告部武田）

我认为言之有理。并非我特别偏向CDG，但武田讲的我也完全理解。在六十年代后期送走青春的人或许会说："噢，那岂不简直成了'绿色革命'。胜利！"我也认为"胜利"。过去那些女孩子——宣称"自然高于一切"、戴甘地式眼镜、穿皱皱巴巴的跨栏背心和剪掉裤腿的牛仔裤、一把火烧掉钢圈乳罩的女孩子们（话虽这么说，我并未实际目睹）消失后，转眼十五年过去了，她们的精神已然完美地结晶，装饰在南青山[1]时髦的女子时装店——不过我绝对无意奚落或嘲讽这一现象。我的基本方针是"就那么回事"。存

---

1 东京的繁华地带。

在制造它的人，存在需要它的消费者层，此乃一种现象，原则上我相信所有现象都是善的。如果"善"这一字眼过于强烈，那么不妨加上"Natural"这一色彩。这并不意味着肯定所有的现象，而是超越所有的现象、超越肯定和否定，而将其作为自身的"延长物"来把握。

那好，下面就试着将 CDG 作为我自身的"延长物"把握一下。

我在位于涩谷的西武百货大楼里的 CDG HOMME（男性）服装店实际买了一件夏令夹克和一件 T 恤。 T 恤倒没什么，夹克则同我以往的服装风格大异其趣，肩部有很大的肩垫横向撑出，翻领上有滚边。我想这岂不有点儿像马戏团里的猴子，但一块来的老婆说："没有你认为的那么糟。"我心想凡事都要试试，就买了下来。两件加起来六万日元挂零，决不便宜。这类采访也是相当花钱的。

服装店的店员（男）给人印象极好，像我这样显然不是常客的人进来也不厌烦——实际上也许厌烦——还热情地提供咨询。不强加于人，意见准确而坦诚……总之 Natural。想必员工培训十分到位。这点很让我感动。武田在初次采访（莫如说是面谈、初步介绍）当中说了这样两句话：站在服装店第一线的人非常重要，因为有人是看着店里的人来判断服装的穿法和款式的。的确，在我眼里，他们那方面的考虑也足够细致入微。

回过头来说那件上衣。我按《生活手帖》[1]所指点的那样穿了几次，看看细小部位的情况如何。从结论上说，这件夹克尽管看上去款式相当新——也许并不特别新，但至少对我来说相当新——但实际穿上一试，和身体颇有亲和力，不觉得累。还有一点可能更重要：穿得越久，越不在意其款式的新奇。不是被武田的讲解洗脑的关系，确实是认同其"Natural"倾向。把手伸进袖子之前，我以为穿CDG的衣服要刻意摆出架势才行，但实际往身上一穿却意外的轻松，这也不由让我佩服。用一件夹克推断一切或许牵强附会，但光凭这点，可以让人感觉到衣服里确实具有某种一以贯之的思想。

思想。

再回过头来说刚才的"绿色革命"。我想，八十年代后半期的新理念，如自然食品倾向、体能训练、环境音乐、左翼体制派的解体、"纯文学"制度的形式化、社会结构的垂直性和水平性的分化，其大部分有可能发源于六十年代后半期出现的激进主义、反文

---

1 日本的家庭综合生活杂志，双月刊。

化（Counter Culture）。所有这些的原型都是六十年代后半期以深刻的形式提出来，而在七十年代被冻结起来，在水面下悄悄发展，进入八十年代又化为柔软的现实泥沼忽一下子涌上地表。与此同时，我们六十年代一代人登上了拥有将其化为商品之特权的地位。正因如此，世间才充满了那种"温和激进主义"的商品。这CDG服装也同样跻身于"温和激进主义"行列之中——这么看待我想应该是不会错的。如此想来，围绕CDG展开的吉本和埴谷[1]之间的争论也显现出相应的必然性。这就是说，将反对核武器同CDG相提并论也绝对没有什么不自然。依我的逻辑，既然CDG是我们自身的延长，那么核武器也是我们自身的延长。

还是把话拉回现实层面吧。

※

CDG这家公司即使不能说是秘密主义，也以严格限制采访而闻

---

1 指日本诗人、评论家吉本隆明（1924— ）和小说家、评论家埴谷雄高（1909—1997）。两人曾长期在杂志上主办文学对谈。

名。所以，当我提出参观 CDG 工厂的时候，大众传媒方面的朋友都异口同声地说"那种事怎么考虑都不现实"，事实上 CDG 方面也回复说"那不好办"。

交涉是从"为什么不好办"这个疑问开始的。"为什么看看工厂就不行呢？"我问，接待我的是"宣传广告"这个对外窗口的武田。

武田那边也自有其疑问："为什么非是 CDG 不可呢？参观 CDG 的工厂有何意义可言呢？商品不就是一切吗？"

"为什么必须有意义呢？想看一看 CDG 这个在某种意义上最尖端的热点商品工厂——除了这一好奇心，此外又需要什么意义呢？"

让我们感到幸运的是，武田是个极有耐心且富有逻辑思维的女性。我们交涉了好几次，说明我们看待事物的基本模式，反复强调我们的目的决不是刺探内幕或寻人开心。我们连续参观工厂不是为了肯定或否定什么，而仅仅是想目睹其本来面目。肯定或否定它的是其他立场的人——或者读者——做的事。她坚韧不拔地侧耳倾听，最后甚至表示了理解。如此这般，我们终于得到了进入 CDG 缝制工厂的许可（不过，为了 CDG 和我自身的名誉，这里要补充一句：除了两三个细部，对于采访报道不存在限制，也没有要求检查，我是完全从自由立场写这篇文章的）。

CDG 极端讨厌采访的最主要原因，借用武田的话说，在于他们被此前所写的许多报道"伤害了"。我可以说根本不看有关时装的杂志，那方面的情况不很清楚，不过问周围人，都说"CDG 遭到了部分杂志的白眼"。的确，即使在我这样的人看来， CDG 也好像有些自命不凡，不喜与人交往，只考虑自己的事（酷似我的为人特性），周围的人难免感到恼火。不过，伤害了这个说法实在有趣得很。个人精神上受伤害——这固然明白，但由个人组成的公司这一系统果然会在精神上受伤害吗？在这方面，我看到了以川久保玲[1]这位一枝独秀的设计师为顶点而悄然凝集起来的 CDG 这个集合体"温和激进而自然的自闭性"的面影。不过这个说法也可能伤害他们或她们，果真如此还请原谅。

首先是简单讲解。介绍一下 CDG 这家企业的结构。

（1）设计

全部由川久保玲一人完成。以蜂窝来说即是女蜂王。 One and only[2]部门。

1　日本时装设计师（1942—　）。
2　意为"唯一的"、"一个人的"。

（2）主管

此人为川久保直属，管辖生产部。简言之，其职责是把川久保画的设计图送上现实的商品生产线，可以说这是管理的要点。主管下面设服装纸样技师和厂长（生产管理）。

图示如下：

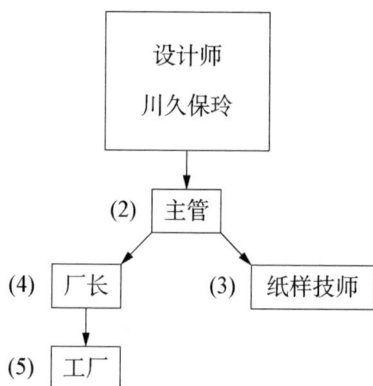

（※营业部门除外）

（3）服装纸样技师

即看着川久保的图画实际制作之人。共二十五人。由意象图到尺寸图，需要相当强的技能。当然川久保要确认。据此确定 Pattern（部件）数量并制作纸样。

（4）厂长（生产管理）

依照纸样技师写下的缝制指示，决定布料数量、纸样运用（从布料中裁剪部件的方式）等事项，确认纽扣数、拉链数、衬布量，使之配套，以便使用这若干物件即可确保衣服缝制出来。然后拿去工厂。最后确认缝制完的成品。

（5）工厂

即将进入工厂。有一点要先交待一下：像 CDG 工厂这样的工厂并不以"松下电器工厂"和"全家食品工厂"那样的形式存在于某个地方。高精尖技术工厂、三百五十名之多的女工身穿川久保玲设计的制服……如此情景当然饶有兴味，可惜没那回事。 CDG 是仅仅从事设计和营业的"公司"，实际的缝制"承包"给了外面的制衣厂。

工厂的规模有各种各样，大的全部机械化，小的甚至包括仅有父母和女钟点工的家庭作坊，有的工厂同时做 CDG 以外的工厂的东西（以大型工厂居多），有的只做 CDG 的（小型工厂占多数）。工厂人数大约二十名，数量因季节而异。例如今年（1986 年）秋冬两季，由于 CDG 对夹克的投入多，外包给擅长做夹克的工厂的活就多些。

缝制不外包给韩国和台湾等海外工厂。理由是：（1）所设计的商品的生产数量不多，不利于向海外外包；（2）缝制要求和检查细，工厂不在近处有困难。接近业界的媒体熟人说CDG服装大部分是韩国制作的，这不对。

其他"CDG信息"还有以下说法：（1）"CDG服装嘛，说来说去都是江东区一带街道工厂做的"；（2）"那种无所谓的服装只因加一个'CDG'商标就卖得那么贵"。 CDG的武田最初对我们怀有那么大的戒心，想必是因为对这种指责耿耿于怀的缘故。也罢，有的也说没的也说——被人家这么说就是有名人物或"有名集体"的宿命。

这样，从结论上说，传闻（1）是真的。我们被领去参观的即是江东区某处的街道工厂；至于传闻（2），由于我没有在现场计算原价，无法证明是对还是不对，只好请读者看了这篇文章自己判断，尽管只能以大致的感觉来判断。

宫下先生（化名）的工厂位于江东区某处。之所以化名和某处，是因为 CDG 方面希望不要写真名实处，"因为这个行当竞争也相当激烈"。大概是担心技术人员被挖走或信息外泄。

虽说是工厂，但明确说来，无非是普通住宅区的极普通人家。门面窄小，进门一脱鞋，旁边马上是陡陡的楼梯。门外只挂一个"宫下"字样的名牌，任何人都不至于知道这里就是什么制作 CDG 服装的工厂，感觉简直和《秘密特工》[1]（The Man from U. N. C. L. E.）里出现的 UNCLE 总部的秘密入口差不多。这是为写这本书而采访的最小的工厂。

一楼的一部分是宫下先生的居室，二楼作为工厂使用。一个八张榻榻米大的房间和一个六张榻榻米大的房间连成 L 形，就这么大的空间。外面是晾衣台。晾衣台上种有极好看的西红柿，可以望见对面邻居的窗口。哪里响起了狗叫声。倒是怎么都无所谓——气氛同我以前寄居过的文京区林町的老婆娘家有些相似。

房间的一个角落摆着宫下先生照纸样剪裁布料用的机器，旁

---

1 美国电视剧，从 1964 年至 1968 年共播出了 4 季。

边是宫下先生的夫人和钟点工 A 太太往布料上按蒸汽熨斗用的作业机，面对晾衣台安放的两台缝纫机前坐着宫下先生的儿媳和钟点工 B 太太，她们不停地缝合裁好的布料。"唧喳唧喳唧喳"的缝纫机声混杂着"咻咻……"的蒸汽熨斗声，气氛甚是赏心悦目，感觉很有点儿像昭和三十年代的《回到未来》[1]。这样的工厂确有一种乡愁意味，此刻谁在干什么都一目了然。如今很难见到了。

——这就是全部干活的人？

宫下：不，还有汇总的人——负责最后加工和汇总，不在这里做。另外还有纽扣眼，这个用机器做，找专门的纽扣店……在这里做的东西都还没钉纽扣。再有就是压型、熨烫。用这么大的家伙"咔嚓咔嚓"夹挤的。压型么，拿 CDG 来说，有的要压得笔直，压平，叫做"洗压"，有的要特意压出皱纹，各种各样。

---

1 美国的科幻电影。

——现在，喏，正在做女式夹克，您一直在做这样的东西吗？

宫下：哪里，以前我做男士服装，做不下去才改做女士的。战后曾有一段时间，男士服装生意好得不得了。只是，男士衣服——您也知道——周转慢，竞争又激烈，毕竟大凡的手艺人都能做。手艺人都扎堆搞男士衣服了，利润就相应变小了，要向台湾和韩国订货。我们的日子很不好过，结果就改做女士服装了。

——怎么样，CDG 的活计可有意思？

宫下：呵呵呵，我嘛，我觉得有意思——或者不如说每天这样干蛮好，总之是一种发现。虽说我们只是跟在设计师发现的东西后头，但对我来说，到达那里也是发现。那里面是有喜悦的，是吧？

——纸样送来后，眼睛一扫就心里嘀咕：做这么怪模怪样的东西能卖出去么——有没有这种时候？

宫下：是啊，我们有时也纳闷：做这东西怎么穿呀？可是看到模特穿在身上，又觉得也没什么古怪（笑）。所以，看一遍时装秀是好事，那样会放下心来，心想设计师的脑瓜到底好使。

——说起古怪，也的确有相当古怪的东西吧，这以前？

宫下：嗯，近来倒没那么多了。有段时期是够让人莫名其妙的，比如后背竟有研钵那样的玩意儿。

武田（插话）：当时川久保想做有立体感的服装，就是说穿着衣服时，眼睛看得见疙疙瘩瘩的东西——那段时间在做这玩意。还有，前后身有些部位是拼接起来的，开有眼睛看得见的洞洞。好多呢，那阵子真够受的。

宫下：一开始很用心，倒也顺利，大致记住了顺序，接二连三做下去，不料有一半报废了。喏，该凹陷的部位反而突起来了，像怪兽背着个山。

——这衣服倒是值得一穿。

武田：啊，那东西别写（笑）。(※写了，抱歉)

宫下先生不愧是战后一直做服装的手艺人，爽快，说话有趣，同CDG本部煞有介事的气氛相比，印象全然不同，但对工作感到无比快乐，而且是对做新颖复杂的东西感到无比快乐的那一类型。他身上有一种东西一看就让人信服：原来是这样的人从后面支撑着

CDG。反过来说，发现这样的人对于带有设计师名字的品牌商品也是一项重要工作。

星期日、节假日大体休息。在休息日，宫下先生一个人把下一星期的工作安排好，以使得工作能够顺利进行。看上去像是追求完美那种性格的人，事无巨细都处理得万无一失。的确，现场工作流程看起来也十分顺畅，让人感受到的是气氛：这几个人做得很有成效。

——正在做的夹克要多少张纸样呢？

宫下：二十三张。

——够多的。

宫下：是一般的两倍。一般大致……在十张以下。随便举几个需要的地方：前身，后背，上下袖，翻边，领子。往下细分还有衣袋的形状。七八张差不多。一般来说，剪裁是这么叠在一起，一次完成左右两边，但CDG要全部排列好，一张一张剪裁才行。这个很花时间，不过也好，细活……也都习惯了，基本上。

——我是不大懂，这剪裁是用剪刀剪的吗？ "咔嚓咔嚓"……

宫下：不，不是的。使用叫剪裁机的机器。就这个（拿出机器，有大榨汁机大小）。用这东西把布料夹在中间剪裁。至于衬布什么的，用这种刀——我们叫刀——剪裁，就这个（说着，拿起一套用绿布包着的小刀）。过去都用这个。呃——，做到昭和三十年代吧。昭和四十年开始用机器。

——就是说，有的部分机械化了。说起昭和四十年，该是东京奥运会的第二年……

宫下：比如上领子的时候，如今是把领衬和前后身缝合连接在一起，这样可以让领子翻过来，但过去这也都用手工做，用机器是昭和四十年以后的事。

——熨斗是干什么用的？

宫下：熨斗么，是为了让这么缝合起来的布料变得服服帖帖。呃，缝完后烫熨斗。从缝纫机上拿下来，马上用旁边的熨斗烫好，让布料老实下来。得马上熨，不然不容易熨好。按需要缝完一处熨一处，相互交替进行。大的地方就往下传。如果这个人做衣袋，因为熨烫的关系，做完马上传给下一人。接下去是镶边，再往下是剪衣袋盖，剪的人只管剪……从早到晚千篇一律……

——若是这样，我也大概做得来，只剪衣袋盖什么的。这里一个人要负责几道工序？

宫下：这个嘛，因为来来回回都要做，所以在这地方干活的人需要某种程度的技术。若是大的部位，说实话，傻瓜蛋都会做，只做同一种就行。做衣袋盖的做衣袋盖，一直做下去就成。问题是，我们这里如果光那么做，就全成衣袋了（笑）。嗯，是那样的。因此，有二十张纸样，就要来来回回二十次。

一天的产品数么，嗯，很难估算，如此是简单的纸样，能生产不少。复杂的么，一个人也就两件吧，像这种就是很费事的。一人两件，五人十件……若是这样当然好，但达不到，虽然想至少保证两件……

——纸样和缝制指示书发过来说"做这个"，当时就凭直觉知道好不好卖吗？

宫下：这个么，唔，我是这么想的，但实际怎么样是总部的事，我不知道。不过，如果我们在做的当中感觉不错，营销方面的件数一下子来了不少，我们还是感到庆幸……

——件数来了不少？

武田：（插话）我们在展销会和时装秀之前请一家工厂做他们做得来的那个款式，如果有客户订货，那就根据订货量决定生产件数，这些情况宫下先生都知道，那时他就明白："啊，这个款式是二十件，这个是三十件。"

宫下：不是所有都这样。我想，就连总部、总经理本人都不知道能卖多少。而且，有的卖不掉也做，有的我们也觉得奇怪，心想那就走着瞧吧。如果所以，CDG觉得那样合适，我，不，我这儿的员工也就怀着期待，想看看结果到底怎么样——也是一个兴趣，把那样的东西当事做。

——家里人穿CDG衣服吗？

宫下：啊，我只一个女儿，长得并没好到可以穿CDG的地步（笑）。我家旁边就有个女孩是铁杆CDG迷。如果我去旅行，参加旅行团什么的，那时候让我做自我介绍，我说我是做CDG

衣服的，年轻女孩子"哇"一声欢呼起来，如果这样的话，我就会心情开朗，会给她们斟酒。（※这里好像多少脱离了"CDG"的Natural思想，但宫下先生天天拼命工作，旅行时请对他睁一只眼闭一只眼）

——做出中意的东西来，会不会在衣服下面看不出来的地方签上自己的名字？

宫下：人家要生气的，总经理（笑）。男士服装什么的，倒是有人在衬里上写名字。写在衬里上，做完后根本发现不了，谁都不可能注意到。过去是有人怀着自豪偷偷来这一手，但近来没人干那种事了。以前是由于手艺人的根性。

——这个夹子是干什么用的呢？晾衣服？

宫下：啊，那个无关。我家洗的衣服，下雨就晾在屋子里。

（※宫下先生的夫人、钟点工太太全都嗤嗤笑）

也许不该我这么说：从前是批发商雇用设计师，在每星期的星期几，作为顾问雇用一次。设计师把纸样发过来……说是设计师，其实只负责纸样，一点不做出格的事，只是发过来。最近让我觉得有意思的是，比如CDG，川久保玲这位设计师自已干起来了，进入了这么一个时代。设计师以前是受雇于资本家，现在不然，是设计师自己做，想做什么做什么。对这件事感兴趣的人加入进来了。

如此这般，"CDG"的夹克上固然没有宫下先生的签名，但宫下先生全然不以为意，依然乐此不疲地制作 CDG 夹克。目睹如此情形，我也由衷地觉得应该珍惜自己的夹克。

此外还有一点，那就是"CDG"这一品牌的附加值会不会反映在价格上。问武田，她说："以我们的生产件数，再加上工序那么繁琐，单价无论如何都要上去的。布料也是独创的，成本高，自然而然要那样的价格。"就夹克来看她说得没错，我也承认，别的我没有亲眼见到，不好表示什么。不过依我的感觉，CDG 的经营态势在总体上是相当有条理的，也没有涉足餐馆饭店。服装行业经营的饭店只是门面好看，其实上一塌糊涂，更主要的是味道几乎提不起来，而不搞这种有名无实的多元化，不管怎么说都是一种见识——我个人是这样认为的。

"'行业的双重结构'这东西确实是存在的。"武田说。其做法

总括说来就是：和一件一件缝制独自设计的东西的所谓 Designer

Brand[1] 不同， CDG 的赢利模式是在普通工厂里三下五除二做好，

然后缝上商标。说到底，做得到或做不到哪个地步，此乃关乎经营

者的方针和自尊心的问题，但消费者想根据商品来识别这点是非常

困难的事。

1　以著名设计师姓名作商标名称的商品。

高科技战争　Technics CD工厂

前面写采访 CDG 的工厂费了好一番唇舌，这回 CD 工厂的采访限制要严格两三倍。本来以为没那么严格，而是以相对轻松的心情，通过朋友向索尼和 JVC[1] 提出采访申请，心想这回该去看看高科技方面的工厂了，岂料对方双双把门"砰"一声关上。不折不扣的闭门羹。情形像是在说：参观？开什么玩笑！人家正在打一场攸关企业生死的战争，这种时候怎么受得了给外行人嬉皮笑脸看热闹。总之态度冷若冰霜。

但对方这么说，也不是瞎说。我确实是出于纯粹的好奇心，踱着四方步前去参观的，从厂方角度来看，那是大家为了维持生计而拼死拼活干活的地方，那样的地方给别人东扫一眼西瞧一眼是够讨厌的。再说，既然来了，再忙也要带路和解说，还要当心不让对方写出莫名其妙的报道（尤其是我这样非业界、非新闻工作者的人，说不定会写出什么来，更讨人嫌）。在参观过程中，有时对对方心怀歉疚，有时却添麻烦，有时故意提出让对方不快的问题。可是，并非我辩解，所谓采访本身就是这么个东西。如果不打扰对方不给对方添麻烦，就很难看到状况的核心部位。"好，请看这边。这个是这样的啊？是吗？下面请这边来……"若像小学生那样参观，根本就写不出报道。因此，不明白的地方势必刨根问底，想看的地方势必长时间看个究竟，对方不乐意讲的情况也要激他讲出，就连地板上的垃圾也要用手指摩挲一番。总之就是找麻烦。所以 CD 工厂双双给我吃闭门羹，我也无可抱怨。

话虽这么说，可 CD 工厂还是要看的。对方越说麻烦就越想看，此乃人之常情。回想起来，参观了这么多工厂，对于采访本身完完全全说 "No" 的企业，这 CD 工厂还是第一家。就凭这一点，这 CD 工厂就有其参观的价值，我觉得。

那么，为什么 CD 工厂如此讨厌参观和采访呢？

---

1 日本的音响器材公司。

首先，第一个理由是：灰尘是 CD 生产的天敌。 CD 是以极细的精度制作的，即使有肉眼看不见的细小灰尘和异物混入，也会产生不合格产品，致使生产线停止二十四小时都有可能。因此，工厂极不愿意让人进入生产流程的中枢。

其次，第二个理由是 CD 生产眼下仍满足不了需求。一句话，忙得不可开交。毕竟一天二十四小时连轴转还不够用，根本没闲工夫搭理参观者。

第三个理由是保守企业秘密。无须说，各企业都将自家最前沿的技术集中用于 CD 生产，因而极端讨厌将情报透露给其他公司。我以为白己这样的外行人看也看不出什么名堂，但并非如此，比如我看了一个机器，只要我介绍"有这样一个机器"，其他公司的技术人员就有可能一瞬间理解那是怎样结构的机器、具有怎样程度的性能，在短时间内制造出具有同样性能的机器。比方说，按专家的说法，只消扫一眼 A 公司用半年时间开发出的机器， B 公司用两个星期即可制造出同样的东西。这一来， A 社半年时间投入的研究经费就损失了，作为 A 公司当然为之郁闷。各公司的技术力量便是这样不相上下，竞争原理便是这样发挥作用，这确乎是我辈根本无法想象的世界。人家是在我们一般市民不知晓的场所日夜鏖战，这分明是战争。哪怕迄今为止战绩辉煌的电机厂家，也会因为在高科技战争中遭受的一点点挫折而变得岌岌可危——眼下正处于这种白热化的转型过程之中，根本没有接受全无好处可言的参观者的余裕。

因此，我们得以参观松下电器的 CD 工厂，必须说是幸运之至。为什么单单松下同意参观呢？老实说，我也不太清楚，大概是机缘凑巧吧。就连这次居中斡旋的音响评论家 F 君也说"全然不晓得为何同意，不可思议"，所以只能说是幸运。

尽管如此，也不是说一切都一路顺风。同意固然同意了，但约定的时间接连两次都被取消，好一番折腾才得以踏入工厂大门。

如果在"机缘"以外寻找松下同意我们参观的理由的话，那恐怕是因为松下从 CD 生产竞争的漩涡中退出了一步，有相应的余裕——同拥有独家音乐源而开足马力生产的 JVC、索尼、东芝、哥伦比亚这样的公司相比，松下不具有自己的音乐源，只停留在接受海外中型唱片公司（例如泰拉克）的订货阶段。这方面的情况也反映在每月生产量的差别上，如 1986 年春季的资料显示：

（1） CBS 索尼 160 万张 （2）日本哥伦比亚 150 万张

(3) 日本 JVC 110 万张

相比之下，松下仅仅 20 万张。当然，世界日新月异，这个数字现在会有相当大的变化，但不管怎样，松下的 CD 生产线开发较其他公司迟了一步这点是可以断言的。不过在我看来，我总觉得松下一只手拿着 CD，而其目光早已投向了下一个目标。

可以相当清楚地看出松下的姿态：松下认为音乐 CD 基本是过渡性产品，出于"学习"目的而把握脉络，参加当下的生产竞争，养精蓄锐瞄准下一目标，将老对手索尼彻底打翻在地。一针见血地说，只有转向应用这些 CD 软件的外包技术（例如光学式电脑存储器、可以输入信息的 CD），才有可能在 CD 规格统一问题上较为轻易地打到飞利浦·索尼阵营的营门，回避损失巨大的正面战争——很有点像巨大的黑白棋[1]。

好了，看到这里的读者或许有人要说："这个那个地听你讲了这么多困难，可那 CD 到底是什么呀？"下面就简单讲一下 CD。只

1　双人棋盘游戏（Othello game）。在 64 格棋盘上排列正反面为黑白色的圆形棋子，夹住对方棋子时可将其翻过来换成己方棋子颜色，以此决定胜负。

是，我是百分之百的现买现卖，真正详细的我也不清楚，甚至粗线
条的都未必准确，请您务必理解为这是"外行人眼中的专业
知识"。

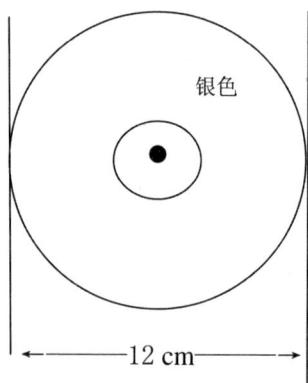

银色

|← 12 cm →|

形状如图所示，可以录制长约七十分钟的音乐，其信息由 CD
唱机读取，化为音响。同传统唱片（Black Disco）的最大区别在
于： BD 是用唱针在仔细看可以实际看出的唱片沟纹上摩挲来读取
信息的， CD 则是将二进制的数字信号作为符号加以读取。简言
之，如果将"0110101110……"这一数字序列组合起来，就能作为
音乐流出。不相信的人不相信也没关系。信也好不信也罢，只要你
把 CD 放进 CD 唱机一按开关，就有声音出来，不存在任何问题。

如有太空人突然从天而降，问你："这声音好听得很，是什么原理呀？"你也顶多嗫嗫巴巴地回答："呃——，这个嘛，这是……"而不至于过于狼狈。和电烤炉不同，绝对不是因为自己百分之百明白产品原理而在发生故障时能自己动手修理的东西。

那么，CD 较之 BD 有哪些优点呢？第一，音质好。信息细腻准确，而且没有收集误差，可以真切听到以前没听过的声音。没有唱针，所以没有杂音，没有划痕，小巧易带，放听多少次音质都不劣化，又省掉了 AB 翻面的麻烦，按一下即可弹出，操作简单……简直全是好事。我在工作室里清一色用 CD，水丸君同样情有独钟。

不过，若说 CD 作为音乐软件是不是十全十美，现阶段我觉得还难以断定。我认为最大的问题在于音乐源方面还不能充分满足CD 的功能性容量，但这点跟这篇稿子没有直接关系。不管怎样，据说 CD 的销量现在（1986 年秋）已超过了 BD，往后差距将越拉越大。而且，不久 BD 有可能像 SP[1] 和标准 LP[2] 所经历过的那样重蹈废

---

1 standard playing 之略，转速为每分钟 78 转的传统唱片。
2 long playing 之略，转速每分钟 33 又 1/3 转的唱片，单面演奏时间为 30 分钟。

牛命运。

以上就是 CD 的大致情况，可大致明白了?

明白也好不明白也好，往下反正去工厂参观好了。

按着老例，先向 CD 先行开发室长阿部先生提一个不友好的问题。承蒙允许参观却恩将仇报，的确感到抱歉，但这也是工作，还望谅解。

——是这样的，CD 如此迅速普及，我想一个原因在于规格的统一。飞利浦和索尼联手统一录像带和录像机规格时发生了正面战争，但在 CD 上面，松下集团为什么像是乖乖跟进呢?

阿部:这个嘛，一是因为飞利浦作为非常出色的厂家，其技术出类拔萃……二是因为提供支持的 Phonogram 这家公司——说是母体也好庄家也好——拥有 DGG、拥有 PPI、拥有 Archiv、拥有伦敦琴鸟，总之拥有古典音乐唱片的半边天——便是这么强大。

举例说吧，JVC 即便（独自）着手搞这个系统也是相当艰难的吧?(飞利浦方面拥有的)软件的数量和质量的精良,这就是大家赞同的原因。

也就是说,事情之所以由飞利浦、索尼主导进行,其原因较之技术力量的差别,更在于软件的差别。因此,作为一直进行独立研究的松下·阿部先生,看上去是相当懊恼的。举个非常浅近的例子——抱歉——有并排新开的两间桑拿浴室,尽管设备不相上下,但招来的女孩有差别,于是一家不得不关门大吉——就是这么一种感觉。在这类信息产业中,信息软件的价值以后势必节节上扬,如何应对取决于高层的战略性政治判断,作为专门搞技术的人,我想会有许多无奈的事情。所以,虽然阿部先生是热心的古典音乐爱好者,但由于讨厌 CBS[1]索尼系统的 CD 的声音,一般是不至于听的。

松下电器的高保真音响器材事业部位于大阪郊区的门真市。由于争收税金的关系,门真市同守口市的界线忽而弯过去忽而拐过来,复杂得一塌糊涂,不过这一带一眼望去全是松下的工厂,堪称

---

1 美国哥伦比亚广播公司。

松下城。问松下员工"这里有多大"，对方说"这——有多大呢？反正很大"——便是大到这个程度。我参观的工厂是制作 CD 软件、盒式磁带和扩音器的厂房，占地面积两万三千七百七十八平方米。

我们（我、水丸君、编辑绿子）首先被领到 CD 软件工厂的入口。这入口相当森严，手持步枪的警卫倒不至于有，但电子门绝对不允许局外人进入。对了，如果把《诺博士》[1]里面的秘密基地改造得多少带有日常性，再把出场人物的对白换成关西方言，那么大致就可以得出这家工厂的印象。

"BBBB"几声响，电子门打开，我们进去换穿特殊的无尘服。前面也说了，稍有一点灰尘都会导致停产，在此把连衣裤似的无尘服整个套上，以防起灰。头上戴上严严实实的帽子，鼻子和嘴捂上做手术时用的那种口罩，再换穿专用帆布鞋。若安上耳朵，整个就是"蛋糕 1 号、电话 2 号"偶人。无尘服只要穿过一次就要送去特别的洗衣店，在那里进行特殊清洗以避免着灰，之后套上塑料袋返

1　1962 年上映的英国 007 系列电影之一。

回工厂。

按理，女性的化妆也会起灰，亦该禁止，好在对方网开一面："做到这个程度，问题不大了吧。"于是绿子得以进入。

工厂里的人说："上次来的Ｆ君（介绍我来的音响评论家）相中了这无尘服，带了一套回去。"我心想世上真是什么人都有，要这东西干什么用呢？不过，一旦用这蓝色尼龙服把身子包裹起来，心情竟变得相当舒服，不可思议。假如身穿这东西去六本木的迪斯科舞厅，没准会受到世纪末般的欢迎。

裹上无尘服，接着进入空气浴室。所谓空气浴室，就是门与门隔出来的狭小空间，进入工厂之前，我们作为"通过仪式"而分别站在这里接受风浴，把灰尘吹跑。慎之又慎。关上入口门，往房间中间一站，四周当即有风吹来，举起双手转身一周，最后"啪嗒啪嗒"拍打身体。约十秒吹风停止，打开出口门出去。出门就是ＣＤ工厂。

在此交待一下，对于我们外行人，说老实话，现实中的ＣＤ工厂并非多么有意思的东西。在专家看来，这里当然是尖端技术的乐园，令人垂涎三尺，但我们这样的门外汉，顶多听了介绍点头来一句"唔，不错"，细小部位根本顾不上。好比狂热的盆景收藏家向彻头彻尾的外行人出示足以令收藏家垂涎的藏品，介绍说："怎么样，不得了吧？这可是笹川良一[1]下跪乞求的绝品……"而看的人顶多夸奖一句："唔，原来是那么了不得的东西啊！"在这点上，CD工厂和橡皮工厂大为不同。橡皮工厂的工序也有难以理解的部分，但那里毕竟还存在着类似日常性延长的地方，让人觉得只要努力总是能弄明白的。以数字而言，无非"数ⅡB"[2]（这玩意不知道现在有没有了）那个难度。

然而看这CD工厂，即使说它在完全超越我们日常性的地方运行也不为过。说得稍具体些，CD这东西的原理我也大体明白，但等到原理实际成为产品，其程序就根本无法用我平时使用的话语解释明白了。即使听人解说，也好像对不上现实感觉，解说词从右往左"吱溜溜"滑了过去，就好像遇上绝代佳人却无法向人形容，而不得不索然无味地说一句"反正就是看一眼就浑身瘫软的女人"。作为笔者反正焦头烂额，只好连连说道"真不得

1　日本社会政治家（1899—1995）。
2　即"数学ⅡB"，日本数学教育中的一个阶段，内容为代数公式及证明等。

了啊，那个"——因为这个那个看起来，固然无不让人赞叹，而作为情景却谈不上多么有趣。话虽这么说，即使大讲特讲专业知识，大部分读者也未必专心去读，毕竟不是专业书。

不过，好容易来一次，还是让我举个例子说一下 CD 生产是多么的非同一般。作为结构， CD 表面有细细的凹凸，激光束打在上面可以读取信息。凹凸的宽度大约为 0.5 微米，成行成列，行与行之距的宽度为 1.6 微米，画成图就是这么一种感觉：

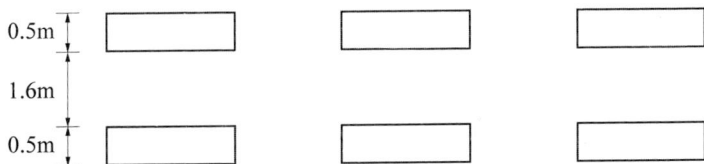

$$\begin{array}{ll} 0.5\text{m} & \square \qquad \square \qquad \square \\ 1.6\text{m} & \\ 0.5\text{m} & \square \qquad \square \qquad \square \end{array}$$

微米这个单位不易明白。为容易明白起见扩大了一千倍。这样凹凸宽度为 0.5 厘米。 CD 盘宽度为 12 厘米，扩大一千倍，为 120 米。 120 米相当于棒球场从本垒到外场围栏的距离。 0.5 厘米有细沙粒大小。以比率说，激光束就是逐一读取铺在棒球场上的无数一圈圈高速旋转的沙粒。怎么样，不得了吧？何况又要把它弄成产品，简直鬼斧神工，不得了吧？只能说是不得了。伤脑筋啊，伤透脑筋。就连设计产品的阿部先生都说很难相信会做出这种事，我就更不可能相信了。如此这般，我、水丸君和绿子这个三人采访组彻底沦为"不得了三重奏"。怀念橡皮工厂，怀念人体标本工厂。

不过还是打起精神查看工序吧。

（1）原盘制作。原盘的材料居然是玻璃。

为什么用玻璃做呢？因为所有材料中玻璃最平滑。

> 阿部：为什么用平滑的呢？因为信号大小只有零点几微米，材料的凹凸只有达到百分之一，才能知道是信号的凹凸还是表面的破损凹凸。我们买回玻璃，打磨抛光，然后用刷帚磨，用超音波泡净，涂上叫光刻胶（photoresist）的感光材料，照射激光进行刻录。

家电厂用刷帚磨玻璃已经够离奇了，而千分之一微米更是让人惊叹。百万分之一毫米哟，竟有这等事！

总之这就是原盘。把激光刻录的东西显现出来，原盘就算大功告成。

（2）其次是原版。总之就是从原盘上制造儿子、孙子、重孙子。方法和做面膜一样，镀上金属，撕下来。以"底片→正片→底片"那样的要领制作 Master、 Mother、 Stamper。

（3）复制，即批量生产工序。将信号从复制模具转到盘面，涂上铝，再覆以保护膜。涂铝是为了反射激光束。最后印上商标，所谓 CD 即告完成。

其中，人们最小心和视为圣域的是做（1）、（2）工序的原版室，进入这里之前，必须再次进行空气浴。但一般参观者是不被允许进入的，抱怨也没用。举起双手，转身一周，"啪嗒啪嗒"……马上就适应了，就像做"太空步"体操，相当快乐。

若问为什么还要进一次空气浴室，是因为原版室要求清洁度为 100。清洁度 100 意味着 1 立方英尺（30cm×30cm×30cm）中粒径 0.5 微米以上的尘埃不能超过 100 个。你或许想问那真能看明白吗？真能看明白，这个。有个检测这东西的仪器，清洁度一旦超过 100，仪器就"BB"一声，告知清洁度超过 100 了。所以必须认真对待空气浴。

顺便说一句，原版室以外的车间为清洁度 1000（10 倍的灰尘量），走出车间一步，一下子蹿到二三百万。如此听来，不由大吃一惊：我们原来生活在那么脏的世界里！

> 村上：我们原来生活在那么脏的世界里啊，水丸君。
>
> 水丸：本来以为不至于的，呵呵呵。
>
> （※这一对话为创作）

这么看来，真够吓人的。一听说清洁度 100，真想冲着对面厂房叫一声"yo—ho!"[1]原版室便是这样的场所。更微妙的是原版室的气压比其他场所设定得高一些。不是么，好不容易把空气搞得干干净净，而若从别的地方吹进贼风，那就前功尽弃了。所以要把气压设定得使风从原版室吹去外面。说理所当然倒也理所当然，但作为局外人，还是不由得对这种细致入微的神经心悦诚服。

说是参观原版室，但由于作业全部在玻璃罩里进行，我们只能

1　登山运动员在山上招呼远处同伴使用的喊声。

像看熊猫似的隔着玻璃往里定睛窥看。对于实际作业来说，即使达到清洁度 100，异物还是过多。以前约翰·特拉沃尔塔[1]的电影中，有个青年为了不感染细菌而一辈子生活在玻璃罩里，二者如出一辙。玻璃罩里，一个男子身穿和我们一样的无尘服，独自默默地处理着原盘。这么说或许不好，那光景总好像有些凄凉。我此刻一边听着马勒的第四交响曲一边写这篇文稿，想到为制作 CD 而关在原版室玻璃罩里的那个人的身影，心情不由有些沉重。为了保持千分之一微米的精度，人们付出的努力远远超出我们的想象力。相比之下，我为标点符号付出的努力简直随意得可怕。务必反省才对。

——这房间只能进一个人吗？

东（唱片开发室的室长）：嗯，是的。我也不能进到里面。这里刻录完的原盘正在显影。这地方清洁度要求非常高，只能进去一个人。里面发红的是光过滤器，把紫外线去掉。光刻胶那东西对紫外线感光，荧光灯可以把紫外线除去一些，所以把

---

1 美国电影演员（1954— ）。

过滤器放在玻璃管里。

——这个……或许话问得奇特，做这种工作，不能上卫生间吧？毕竟穿着无菌服，还必须重进空气浴室。

东：哈哈哈，倒也是。要注意没有那样的事才行。

此外还有许许多多"不得了"的情况，不过到这里也该打住了，否则很可能"不得了不得了"到最后。

只有一点感到奇怪，我定睛注视着贴标签机的时候，不知什么缘故，机器好像"BB"叫了起来。是忘记给一张 CD 贴标签了。我这人最容易发现别人的失误，就对东先生说"那张忘贴了"，不料他沉下脸，无精打采地应道："啊，是吗，那种事可是从来没有过的呀……"但这种事若不发生一件，我也要透不过气的，最好是说声"你们也有事故的，哈哈哈"，以这句话结束采访，这个世界才有光明。千分之一微米都无一疏漏，贴标签机却出了洋相，这不挺好？再说产品的最终检验用人眼睛来做也是相当开心的事。"跟你说，人的眼睛这东西是相当有用的，这个"（东先生），这么来一句也让人不禁露出笑容。张口闭口高科技、高科技，可还是有需要人的部分。我忽有所感：希望能够珍惜人的体温，毕竟音乐的音仅靠说明书是不能完整表现的。惟其如此，晚上悠然自得地喝着酒的时候，我至今还是只听唱片（BD）。

最后向音响迷们说一句话。数码音乐磁带和能够录音的 CD 之类，松下电器很快就能制作出来，问题是复制的音质实在好得无以复加，又涉及著作权问题，不能马上上市。原因诚然可以理解，作为用户还是希望尽快上市才好。总之，音响制品前途无量，怀旧的话肯定说不得了。

明朗的福音制造工厂　爱德兰丝

　　为了获取"预备知识"，去工厂之前采访了位于新宿的爱德兰丝总部，听了很多人的介绍，朦胧觉得这东西和什么相像，至于像什么却想不起来。什么来着？什么来着？如此持续好长时间，终于想起来了。说来奇怪，是和朝鲜战争洗脑故事片中的喜剧性镜头相像，简直惟妙惟肖。

　　故事梗概是这样的：在朝鲜前线成了中国部队俘虏的美国兵集体逃了回来，被重新编入部队。但其中有几人已被洗脑，把情报泄露给敌方扰乱后方，一个接一个杀害执行重要任务的自己部队的士兵，但因为全都是美国兵的样子，搞不清究竟谁是犯人……很久以前看的，不是怎么好的电影，从未想起过，不料爱德兰丝总部之行却使得当时的记忆蓦然浮上脑际，再也挥之不去。

原因在于——抱歉，同朝鲜战争的洗脑扯在了一起——假发。
"作为我们公司的基本方针……"爱德兰丝公司的职员正这么说着忽然在自己眼前"咔哧咔哧"掀开自己的头发，边掀边说"其实我也……"而且掀了好几次（因是按扣式，声音该是"嗑唧嗑唧"，这里表述为"咔哧咔哧"），让我无论如何都无法从那电影的记忆（麦卡锡式恶梦）中挣脱出来。

爱德兰丝的职员——我想就无须特意交待了——头发全都黑黑的。在工厂里我只发现一个人头发稀薄，不由心中黯然，此外所有人头上全都密密匝匝。当然，其中会有几人（四分之一？ 三分之一？）使用爱德兰丝产品，实情无由得知。以为这个人可能戴着假发，结果却是原生真发，心想那个人保准没问题，岂料忽然"咔哧咔哧"："其实我也……"采访当中——采访了好几人——我紧张得要命（据说爱德兰丝工厂八百八十名员工中使用爱德兰丝假发的为六十三名，也是员工平均年龄小的关系，意外之少）。

目睹了若干人之后，最后难免觉得有点别扭，但这是在爱德兰丝厂内仔细观察的结果，而在普通场合普通地交谈，我想是不至于看出来的。东西的确做得好，这么说绝对不是为公司做宣传。

假发是非常特殊的商品，爱德兰丝负责宣传的人说。怎么特殊呢？"全然没有口头传播。"比如说，绝不至于有人到处声张："我这个是假发哟，喏，咔哧咔哧……看不出来吧？简直天造地设！"戴天造地设假发的人一般都秘而不宣，即使周围有头发稀薄的人也压根不会劝说"用××好了，××的假发简直天造地设"。戴的人始终默不作声。"如此没有横向扩展的商品，几乎别无他例。"宣传负责人说。确乎言之有理，我觉得。

由于市场微妙至极，员工也对顾客体贴入微。那个人再怎么光秃，爱德兰丝员工也不会说出"光秃"一词，而说"薄发客人"，接受的教育就是这样。不料咨询室那里却有人理直气壮地一口一个"光秃"，于是我问公司内不是不能用"光秃"这个词吗？"开什么玩笑！"对方说，"光秃无论用什么字眼称呼都是光秃。啊，接待方式灵活多样，因人而异。没完没了地介意那东西是不行的，介意那东西的人即使戴上假发也要对假发耿耿于怀。"

这确实可谓不刊之论：我心生感叹。这位咨询员也是"其实我也……即'咔哧咔哧'"之人。对实际光秃的人，一再断言"光秃就是光秃又光又秃"的确有其说服力，能够让人点头称是。我蓦地想起以前在美国乘坐出租车，那个黑人司机对突然冲到车前的一个十几岁少年吼道："Hey Nigger！ Fuck you！ Nigger！"[1] 歧视性用语这玩意，我在写作上用起来也相当小心。说不清楚。

言归正传。爱德兰丝的新宿总部位于主要的大街上，是一座很气派的十层建筑，但并不显眼，我几次经过也全然没有觉察这就是爱德兰丝的大楼。招牌小，门口窄，静悄悄的。最显眼的一楼租给了其他企业——可谓用心良苦。想来自家大楼一层租给别人的公司很不多见，经济上也够经济的。

需要爱德兰丝假发的人在静悄悄的门厅（如今就连情爱旅馆的门厅可都是堂而皇之的）乘电梯上到四楼咨询室——也有上门服务，由咨询员直接去顾客家里提供咨询——咨询当然是在单间里一对一进行。咨询室有六张榻榻米大小，正中放一张大型铁制办公台，台对面坐着身穿白色衣服的咨询员。右侧墙上安着一面大镜子，上端挂有"五种增发法"图片。爱德兰丝挂历的本月份图片是兼六园或什么地方茂密生长的草坪。左侧是磨砂玻璃窗，同相邻建

1　意为："嗨，黑小子！日你！黑家伙！"

筑似乎挨得很近，阳光根本射不进来。咨询员的背后闪出铁制文具柜。无论怎么好意看待，都难说是能给人留下印象的房间，其布局正好介于四谷警察署的审讯室与平塚站的站长室之间。

——问这个或许失礼，把咨询室布置稍微豪华些岂不更好？有沙发，有背景音乐，有水晶烟灰缸什么的……是特意弄成这种公事公办风格的？

咨询员长井：哪里，不是的。不过弄得太高级，有时怕不便于交谈。

——唔。从年纪上说，多大年纪的客人最多呢，来这里的人？

长井：这个嘛，三四十岁的最多。依序说来，首先是二十五六岁的，早秃通常从二十二三岁就开始。这个时期，所谓"自己的朋友"一般还没有一个——没有同样头发变薄的人。于是独自闷闷不乐，心想：怎么单单自己这么薄了呢？而且怕别人说起脑袋，整日胆战心惊，郁郁寡欢，哪里也不想去。

——心情可以理解，不过是够郁闷的。

长井：郁闷。这是第一阶段。第二阶段是适龄期。二十六七岁到三十四五岁，家人七嘴八舌要他结婚。开始相亲。在交换照片阶段就遭拒绝。可不是，有谁想同头发稀薄的男人结婚呢？第一印象到底取决于相貌嘛。因此，哪怕为了见上一面，也得做个假发。

——好像有点骗人似的？

宣传部门的铃木先生：可是仅仅见面也是有其价值的。见面交谈之间，感情上来了，即使知道了头发稀薄，也会有人想：其实此人倒也未尝不可。也有人在谈朋友期间不如实相告，甚至婚后五年还瞒着太太戴假发。

——五年？

铃木：我们也很难相信，这种事情，毕竟一起生活是瞒不住的。或许太太也是佯作不知吧（果真如此，那位太太可真够了不起的）。

长井：结果顺利成婚。其次是 35 岁到 40 岁之间做假发的人。要说这是为什么，是为了孩子。到了这个年龄，工作自信也有了，自以为再没什么不好意思了，问题是孩子大了，有了所谓"父母参观日"，但因为头发稀薄，孩子不希望父亲来学校。给老婆说秃顶倒无所谓，给孩子那么说，心里就很不好受。作为父亲于是想：至少戴到孩子毕业吧。

——唔，戴假发的起因竟是父母参观日，没有想到。事物的起因真是各种各样。

长井：最后，戴假发是为了第二次人生，55岁到60岁。孩子已经养大，也结婚了，此前光为孩子操劳，这回该为自己打扮打扮了——这样的人平时一般不戴，只在旅行之类不多的时候戴，也就是"周末爱德兰丝"。

——周末爱德兰丝……

长井：这是大部分客人的模式。简单说来，越上年纪，对光秃的苦恼越少，理所当然。最让人不忍的是烫伤。举个例子，有人3岁时溅上了平底锅里的油，脑袋因此变秃并且痉挛绷紧，是个23岁的女子。较之说什么假发，这样的人最需要的是精神咨询。劝她丢掉受害者意识："你不是悲剧英雄。"这么讲给她听："如果自己处于相反立场、自己是母亲怎么办呢？"

据长井介绍，前来咨询的人中有百分之八十"做成了生意"——订做爱德兰丝假发。长井干这行七年了，是个老手，"和三千个人谈过"。提供咨询的最大目的是排除对方对戴假发的负罪感和抵抗心理。戴假发不是为了欺骗别人，而是为了自己，为了提升自己的意识——这样来说服"薄发敏感者"。这种细微的应对态度恐怕也是爱德兰丝成功的一个原因：鼓励，安慰，批评，说服。

说起细微，爱德兰丝总部的地下室设有十个座位的理发单间，爱德兰丝使用者在这里摘下假发，由薄发专业美容师把变长的原生头发剪掉。"不是么，去普通理发店'嗨'一声摘下假发请人理发，毕竟是难为情的。"如此说来的确如此。理原生头发的时间里，专门有人在另一个房间里洗理爱德兰丝假发。背景音乐调得音量稍高，以免隔壁房间听见交谈声。打个不大好的比方，就像往日的酒吧单间。费用和普通理发店差不多。这样的专业美容师遍布全国各地，兼具用户顾问功能。总之，爱德兰丝这家公司不仅销售假发，而且从销售时就开始做买卖，这方面的战略也甚为老谋深算——这么说或许不中听——反正手法细腻。假发寿命为四五年，这期间光秃也在发展，假发需要更新。因此，只要稳稳抓住用户，几年后准有商品可以销出。总部的电脑里万无一失地把握着全国几十万顾客的档案——这么说未免欠妥——市场简直前程万里。因为随着社会压力的增加，光秃的人数有增无减，已同欧美不相上下，光秃之人基本上不可能黑发如初，而以容貌甄别男人的倾向正愈演愈烈。从扩大内需的贡献度来说，理应受到政府表彰。

好了，说回到咨询室。在咨询室里同咨询员这个那个交谈过了，"明白了，那么请给做一个吧"——这样的人即刻在那里取头型。取头型的器具叫"Fitter"，往网球网形状的木框里敷以HM95的塑料膜，从头顶使劲按下去。头型出来的时候，用签字笔画出发旋和发际，从上面喷以冷却剂固定，然后一下子揭掉。说痛快点儿，就像尸体面膜似的，颇有超现实意味。我固然没有取头型，但觉得自己的脑袋被人做一个如此精密度的复制品，那是够奇妙的事。我忽然心想，假如有"变态的性犯罪者"强迫年轻女子嗅三氯甲烷（Chloroform）使其昏迷过去，用这Fitter取下头型、画出发旋、"唰唰"喷上冷却剂一逃了之，然后用几百个头型装饰自己房间，在里面手舞足蹈，那应该是饶有兴味的。但不可能有这种人。

头型、咨询档案和原生头发样品，这三样制作假发必不可少的东西从咨询室转到工厂，从取头型到假发完成大约需时一个月。顾客在这一时间里忐忑不安地满怀期待——"出来的是怎么一个东西呢"。其中也有"鬼剃头"之人因定做了假发而心情放松，头发忽然齐刷刷长了出来，那可真是幸福之至。

好了，我们这就离开公司去工厂。在此休息一下，讲几桩关于光秃的"杂学"。爱德兰丝这家公司关于光秃的"杂学"、资料和统计多得不行，单单这次采访就足可写出一本书。

（1）日本推定薄发人口约七百五十万（三年前调查为六百四十万），假发使用者约五十万人。爱德兰丝产品使用者二十八万人。

（2）最想给戴假发的名人是中曾根康弘[1]。顺便说一句，据说有在任职期间戴假发的总理大臣。

（3）大学生使用者以日大[2]最多。其次为早稻田大学（这恐怕也和学生总数多有关）。以职业来说，媒体方面最明显，众所周知，这是因为其生活颠三倒四，想的东西乌七八糟。体育方面，来自大相扑的咨询较多。

（4）中间分缝的分头、平头的假发非常非常难做。

1　日本政治家（1918—　）。1982 年至 1987 年任首相。

2　"日本大学"之略，日本学生人数最多的私立大学。

（5）爱德兰丝也做假阴毛，这主要用于"修学旅行"，不取型。不做假胡须和假胸毛。

［工厂］

准确说来，公司方面称"株式会社爱德兰丝"，工厂方面为另一组织，称为"爱德兰丝工艺株式会社"。工厂位于新潟县中条町，占地十三万平方米，四万坪，大得很。里面甚至有庞大的体育馆，有文化设施，有卡拉OK酒吧之类，从业人员超过四百人，乃是采访开始以来最豪华最清洁最大的工厂。于是我马上算起了别人的经济账：一定赚了大钱。但不仅仅是这样，还有中条町为引来企业而廉价提供地皮方面的原因。有工厂进驻，町自然增加了税收，又能防止人口过稀，还因为从业员工中女孩子多而化解了农家儿子的婚姻问题，工厂则可以通过同地区密切合作获得素质良好的劳动力（新潟县的女人一般擅长不声不响不屈不挠地干手工细活，湘西一带恐怕就有些勉强了），可谓两全其美。当然，仅靠一天参观是不可能详细了解内情的，但看上去员工培训和福利都很到位，是个很容易做工的地方。

爱德兰丝这家公司无论什么都要突出明朗的印象，工厂每个角落都很明朗，四壁白白，灯光朗朗，窗口大大。走廊从天花板到墙壁全是玻璃的，夏天开着冷气也热得走投无路——明朗是好事，但弄到这个地步就未免过分了。肯定总经理从根到梢喜欢明朗，下令说："喂，我跟你说，要建明朗的工厂，无论什么都要明朗。喏，哗一下子光芒四射，就是那么明朗。"这种追求明朗的倾向即使看爱德兰丝的电视广告也不难想见。看来自员工的投诉板，上面贴着"近来午餐的炸鸡肉块肉太少"——这也够明朗开放的。年轻女孩在宽敞的员工食堂里一边唧唧喳喳说话一边吃午饭（免费）的光景仿佛历历在目。"怎么搞的，这鸡肉，骨多肉少的么！""真是的，不像话！""桂子，写投诉信，你字写得好！""哦，我写？写就写！"——我就喜欢这个样子。

原发处理室

原发处理室整齐地摆着一束束黑发，有些长的超过一米。全是从中国进口的。日本女性的头发又是烫又是吹又是洗发液，已经损伤了，没法用来做假发。中国女性的头发少有损伤，而且中国部分地区有结婚时剪掉长发卖掉的习惯，容易收购。价格保密，但感觉上长的怕要十万日元。

原发在这里除掉角质层，脱色，作卫生处理。两名年轻男工把头发放进篓里，撒上药，"沙沙"脱色。脱色后的头发变成本色，接着染成若干成色的黑色。染色后的头发进入下一道分选工序。

摆放在架子上的原发带有各种各样女性的情思和生活气息，但处理后的头发仅仅是假发原料而已。不过，女人剪掉的头发，定定地看起来总好像有点儿让人害怕。过去我也得到过一个女孩刚刚剪掉的长发……也罢，算了，不说这个了。

人工皮肤制作室

这里齐刷刷排列着 Fitter 头型。总之就是全国各地爱德兰丝分公司送来的前面说过的白色头型。在宛如北越军队钢盔那样的地方用签字笔标明光秃部位、发旋儿、发际、分发线位和需用人工皮肤遮蔽的范围，以及同原生发相连接的固定器具（同女孩的发卡是同一道理）的位置。旁边用塑料胶带粘着装在塑料袋里的原生发样品，上面写有名字，例如涩谷分公司渡边升（化名）等等。也有的指定 C 色这一颜色。这要依据皮肤颜色分，分 ABCD 四档。指定 C

色的要求做人工皮肤。如此看来，世上的脑袋瓜真是有种种形状，大小也各所不一。

下一步是为了再现顾客头型而把石膏注入北越军队钢盔之中，干燥需用一天时间。之后把用一天时间干燥好的东西整个取出，包上厨房塑料保鲜膜那样的东西，往上面涂以氨基甲酸乙酯（Urethane）溶剂，包一层尼龙网，再涂一遍氨基甲酸乙酯。

顺序就是如此。要用传送带式的涂漆机器反复涂六遍。干燥→涂漆→干燥→涂漆……如此周而复始。这也相当花时间。涂漆工序约一个半小时，最后干燥要八个小时。八个小时意味今天做的东西在夜间彻底干透，如此形成的膜的厚度约 0.2 毫米。

——不过，这么一个个看起来，头形可真够凹凸不平的。

——工厂里的须具先生：嗯，不左右完全对称。严重的话，人都是瘪瘪歪歪的。

——有头发时看不出来，没了一看，原来人的脑袋竟是这没形没样的玩意儿。对了，这人工皮肤透气么？

须具：不透气，但有透湿性，不会闷乎乎的难受。因此，内侧印有编号、出厂年月日、分公司番号和顾客姓名的第一个字母。交货的时候弄错顾客就麻烦了。

——那是麻烦。这里有绿色的人工皮肤，这怎么用？是给美人鱼还是……

须具：这个么，因为植白发时很难看清，就先弄成绿色的。还有，有人说绿色的好植，就让他用绿色的。

不用说，美人鱼是不可能来做假发的。到此为止的工序全部在中条工厂完成，往下的植发是手工活，光靠日本无论如何也来不及，也送到韩国、中国的工厂去。比率为日本、韩国、中国（青岛）各三分之一。

工厂里有研究室，在这里开发和实验种种产品。例如机器夹着人工皮肤往两端拉扯，看加到多少重量才能断裂，简直像是西班牙宗教法院里的性虐待试验。被拉扯的人工皮肤断断续续地发出难受的叫声："啊……求求你了，别拉了"。

村上：水丸君，你蛮喜欢这个的吧？

水丸：别说怪话！你村上君近来……嘿嘿嘿。

窗户外面还有人工皮肤在接受试验。在太阳光下曝晒，试验耐久程度。俨然卡斯特[1]将军大屠杀之后的场景。研究人员称之为"暴露试验"，叫法真够肆无忌惮的。

梳发房间

在原发处理室脱色、杀菌、染色之后的头发被运来这里，搅拌，用大型刀山那样的东西梳理。年轻男工手抓头发根，就像脱谷那样"嗖嗖"地一次又一次在刀山上梳理。干燥后变得硬撅撅的头发搭上刀山会重新变得柔润起来。总之要梳一百次。

搭上刀山后，相当多数量的头发掉在地板上。看的时间里，也许我这个人天生穷命，觉得真是可惜，而工厂的工人却不怎么在乎："这个就是要掉的，——拾起来甄别就太麻烦了。"不过若是头发稀薄的人看了，想必要长叹一声。在这里根据颜色和硬度混合好

---

1 美国陆军军官（1839—1876）。曾对印第安人进行大屠杀。

的头发，连同人工皮肤一起送进植发室，然后是正式开始做假发。

植发室

好了，下面看本日最主要的节目——植发室。植发室简直像飞机仓库那么宽大，二百来名女工在那里齐刷刷排开桌子，往人工皮肤上缝头发。同样的房间此外还有好几个。普通女工穿泛蓝的白色制服扎着头巾，班长则穿泛红的白色制服。一班二十人，由老手当班长，坐在顶头独立的桌旁管理作业。这么说或许不合适，感觉颇像文艺杂志的总编。反正大大的房间里，边边角角没有一个不是女人。

村上：水丸君，这个够你欢喜的吧？

水丸：没完没了啊，你这人！嗬嗬嗬。

房间里静悄悄的，背景音乐的演歌[1]声音很小。至于是不是平时也这么安静，我无由得知。毕竟年轻女子二三百人相邻做这种手工

---

1 日本传统唱腔歌曲。节奏感强，容易按拍表演。

细活，很难保持安静，我觉得。

"近来和我的那位一起开车兜风，他要把我拉到汽车旅馆里去，就用扳手猛一下子打碎了他的锁骨，好玩极了！"

"干得好！若是我，非从家里领来一头牛踢他不可，高兴死了！"

如此这般聊得热火朝天。或许今天班长提醒了：今天有小说家和插画家从东京来参观，安静点儿！果真那样，真叫人不忍。

——哼，什么呀，以为班长好了不起似的！

——是啊，真是的，哼！

话虽这么说，教水丸君和我植发的班长非常漂亮，教法也极有耐心，只是我的手实在笨得要命。

班长：记住了么，针这么拿着，用这个植发。但拿法要这样，用左手拇指和食指捏着头发，做成圈，这么拿到这里。再顺着发丝把针成直线扎进去。针脚为0.4毫米，把发丝头头这么插进圈里转动……

村上：……我好像不行，水丸君你来！

水丸：我来就我来。

水丸到底过去做过连衣裙送女孩，看上去很有信心（看我的，喏！），手非常灵巧，做了几次就记住要领了。

水丸：有趣有趣，还没做够。

村上：那就留下来做下去如何？

总之，便是这样用针把一根一根发丝缝进皮肤里，要缝三万次、五万次才能成为商品，像我这样的人一想都头痛。况且，根据脑袋部位的不同，缝法有六种之多，着实麻烦透顶。就凭这一点我也很想对新潟女性致敬。

——这要练习到一定程度才能做的吧？

班长：是啊，有三个月培训期，之后才分来这里。

——一天能做多少？

班长：也就六十到八十平方厘米吧。

水丸：有意思。

——这水丸君干得真是欲罢不能。对了，有没有全然掌握不了技术的人？

班长：没有，那没有的。全都……当然有人手快，有人手慢，为了在交货期限内赶出来，派活的时候会考虑到这点。

班长以转来的顾客档案为基础画出植发模式图，根据班里成员的能力分给她们，自己负责掌握作业进度。不仅是工作上的事，班长也为成员的私生活出谋划策，任务非同一般。比如这样劝说："智子，用扳手打断对方锁骨可是干过头了哟/那不成，真早子，不能让牛踢人家的。"便是如此情形。

——背景音乐放演歌，一直放的吗？

须贝：不，上午是流行歌曲，十一点放外国摇滚，三点开始放演歌。因为各人喜好不一样。

我这个那个地向班长提无聊问题的时间里，女工们一直默默劳作不止。打喷嚏都听不见。我很想大声讲个好笑的笑话，讲牛和皮鞋推销员在桥上相遇……逗得大家哈哈大笑，却又觉得影响工作，只好作罢。不过也实在太静了，颇像教育委员长来视察的小学教室。转眼一看，每个女工的桌子上都有一点点装饰品，让人觉得到底是女孩子。座垫也有蛮讲究的，同样显出女孩的特点，惹人怜爱。

村上：水丸君，该往下看了，走吧！

水丸：也倒是，这东西做起来是没完的。是该走了。

最后加工室

在这里植完发的人工皮肤要翻过来再上一遍涂料，牢牢固定植好的发丝，并打出两三千个直径 0.5 毫米的小孔以确保透气性。然后清洗，上护发剂，用干燥机烘干。最后对照顾客档案检查。在海外处理的植发成品也一一在此检查。合格的迅速传走。不过这一阶段的假发全部是散乱的头发，就像《三个臭皮匠》[1]里出现的留男孩发型的老伯。把这个发往分公司，在专门理发室里一边听取顾客要求一边剪理。至此过程全部结束。

毕竟是这么费事的劳作，从订货开始，等一个月怕也别无选择的事。至于价格，简单的二十万，严格用五档增发法做成的八十万（1986 年现在）。是贵还是便宜，完全取决于个人。价格因发量和面积而异，花白头发的因为混合麻烦，还得额外花钱。另外前面也说了，产品寿命为四五年。局外人这么说或许惹人不快：反正头发稀薄的人这个那个开销大，是够受的。

据爱德兰丝公司的人介绍，光秃的原因百分之七十是遗传，怎么玩命努力都无济于事，甚至越努力越秃，该秃就是秃。全然不是本人责任。所以，一如眼睛坏了配眼镜，牙齿没了镶假牙，秃的时候戴假发即可，爱德兰丝的宣传负责人说道。也许不久的将来会出现那个世道，爱德兰丝这家公司也将随之发展壮大一日千里。问题

---

1 美国喜剧组合，也指他们主演的系列电影。

是人世间的假发用户果真都会水到渠成似的在人前来一句"其实我嘛……"而"喀嗤喀嗤"搔脑袋吗？我想这恐怕还是有一定难度的。爱德兰丝公司成功的秘诀，在于慎之又慎地对待敏感的头发稀薄者的敏感心理。无论爱德兰丝公司多么欢天喜地、态度明朗，这种企业与顾客关系的本质也想必是永恒不变的。

因此，爱德兰丝的工厂里除了企业秘密一无所有。"看什么都行，写什么都行，悉听尊便。"他们说，"我们企业的秘密，总之就是对待顾客无微不至的服务的'动员力'，这是其他公司模仿不了的。"

回程的新干线车中，我一直在思索这家企业同什么相似。是的，同新兴宗教团体相似。清洁，有力，有坚定的方针，而且明朗，以人们的苦恼作为发展的动力。还有上厚谦、若原一郎、藤卷润、保罗·安卡[1]等"改宗者"如同十二弟子一般在电视上宣传爱德兰丝的福音。人们由于各种各样的缘由变得不幸，又由于各种各样的缘由变得幸福。

---

[1] 保罗·安卡为加拿大著名男歌手，其余均为日本有名的演艺界人士。